日々猫だらけときどき小鳥

あさのますみ

ポプラ社

普段は閉めている窓を開けると、
みんなにおいを嗅ぎにくる。

紙袋に入りたがるおもちと、
なにかに入ったおもちの上に
乗りたがるちょび。

まるで兄弟みたいな、
アルクとちょび。

シマに話しかけると、
いつもこんな顔をしてじっと聞いている。

おもち、お腹全開。

仕事で一泊するため、トランクを出したら、
次の瞬間この状態に。アルクとちょび。

床暖房にとろける猫たちを、まあるく並べてみた。

猫ベッドでくつろぐアルクとおもち。
クッションの下は爪とぎ。

魚と眠るアルク。

猫たちのベッドを観察中。

アルクはなんでも、そらさずまっすぐ見つめる。

生まれて初めて、
お風呂場に入ったちょび。
湯船を見て、絶句。

図書館用のバッグで
遊ぶおもち。

我が家で一番長い、シマのしっぽ。

カップのふちをかじるのが好き。

くちばしで、なんでもはがそうとする。

日々猫だらけ
ときどき小鳥

あさのますみ

ポプラ社

「うちには猫がいるんです」

そう話すと、多くの人が反応してくれる。私も飼ってるよとか、猫ってかわいいよねとか、共感の声が聞こえてくる。でも、

「猫は四匹いるんです。あと実は、鳥が二羽」

と言うと、大抵ちょっと驚かれる。そんなに？　しかも鳥も？　ええ、その気持ち分かります。私もそう思います。だから「鳥のおやつとして、ミルワームって虫もいます。だいたい常に、二、三百匹はいるんです」という言葉は、いつも飲み込む。

偶然が重なって、思いがけない縁で、気づけば増えていた我が家の生き物たち。小さいの、大きいの、ヒゲがあるの、羽があるの、みんなで暮らす日々を綴っていきたいと思う。

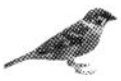

もくじ

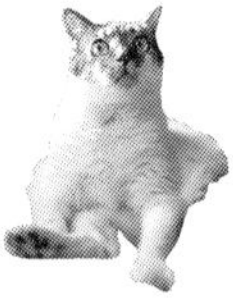

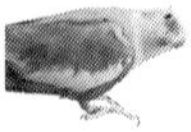

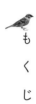

交番の子猫

それは、春も終わりに近づいた夜のことだった。

私は大通り沿いを、荷物を抱えて歩いていた。手には、コンビニで配送に出す予定の段ボール、肩には、図書館の返却ボックスに返す本がつまったトートバッグ。

その日は、収録で帰りが遅かった。私は声優として仕事をしており、いつも時間が不規則なのだ。帰宅した時点で時刻はすでに二十二時を回っていて、五月とはいえ、まだまだ外は肌寒かった。早く家に戻りたい、でも荷物が重くてそう速くも歩けない。そのとき、よたよた進む私の耳に、喧騒に混じってふと、こんな声が聞こえてきた。

「そこで、猫を預かっちゃって……！」

顔を上げるとそこは交番の前で、ほんの一瞬、女性警官らしき人の姿が見えた。胸になにかを抱えて、足早に交番に入っていく。それがなにかを確認する間もなく、その人は建物の中に消えていった。

猫？　今、確かに「猫」って聞こえた。じゃあ、抱かれてたのは猫？　拾得物を預かるみたいに、猫を預かったってこと？

コンビニで荷物を出し、図書館に向かいながらも、頭からはさっきの声が離れない。猫って子猫かな、どんな模様かな、瞳の色は？　預かるって、一体どういう経緯だったんだろう。初対面の人でも抱きかかえることができるなら、まだ警戒心が芽生える前の赤ちゃん猫か、それともよっぽど人懐っこい性格の子か――そこまで想像を巡らせて、思わず、あれ？　と立ち止まった。

交番で預かった猫って、そのあとどうなるの？

拾得物は、持ち主が現れなければ、拾った人のものになるという。じゃあ猫は？　飼い主が現れなかったとき、この猫はあなたのものになりましたと言われても、受け取れない人が大半なんじゃないだろうか。かといって交番の人だって、預かった以上、勝手に外に放すわけにもいかないはずだ。

スマートフォンで検索してみた。でも、明確な答えは見つからない。それどころか、決して幸せとは言えない末路が書かれたページも出てきた。ここではっきりさせなければ、きっとずっと心に引っかかる。結局私は帰り道、交番に立ち寄ることにした。

「あの、すみません、さっき前を通りかかった者なんですが……その猫は、最終的にどうなるんでしょうか」

突然現れた私に、お巡りさんたちは驚いたようだった。机の上には、小さなプラスチックのケージが置かれていて、中は見えないものの、かすかに鳴き声が聞こえてくる。ああ、あそこにいるんだ。そう思ったとき、さっき見かけた若い女性警官が言った。

「二週間、飼い主が現れるのを待ってみて、誰も名乗り出なかった場合、猫は保健所に連れて行きます」

一瞬、言葉が出なかった。すれ違ったとき聞こえた、猫を抱いてはしゃいだ声が、まだ耳の奥に残っている。でもどこかで、ああやっぱりとも思った。

「じゃあそのときは、私に引き取らせて下さい」

気づけばそう言っていた。自分でもあっと思った。深い考えなどなにもない。ただ、そうですかわかりましたと帰る選択肢を持っていなかった、それだけだった。

お巡りさんたちは、戸惑った顔をしている。それでも、猫を見せてもらっていいですかとお願いすると、ケージの前に通してくれた。そして、私はそこではじめて、声の主と対面した。

「わあ」

思わず声が出た。中にいたのは、片手でひょいと持ててしまうくらいの子猫だった。全身が汚れてくすんでいるけれど、まじりっけのない白猫。小さな体をこわばらせて、シャーッとこちらを威嚇している。でも、顔に対して大きすぎる二つの瞳は、まだまだあどけない。

怖いんだね、そりゃそうだよね。君はどこにいたの、どうしてこんなところに連れてこられちゃったの？

子猫は不安げに、ケージの中をぐるぐる動き回る。ぷうんと強いにおいが漂ってくるのでよく見ると、お腹を下しているらしく、おしりのまわりがひどく汚れている。誰があげたのか、足元にはサラミが何本か転がっている。檻にかけた前足の爪は尖り、体にはあちこち虫もついているようで、「飼い主が現れるのを待つ」と説明されたその子猫は、どこからどう見ても、野良猫だった。

その日はすでに時間外で、署の拾得物の窓口は閉まっているとのことだった。だからすぐに返事はできないが、なにかあったら連絡しますと説明を受けて、私はひとまず帰路についた。

でも、そこからはもう、ダメだった。子猫が頭から離れないのだ。湯船に浸かってもベッドに入っても、気づくとさっき見た姿を繰り返し思い出してしまう。あの子は今頃、どうしているだろう。ケージから出してもらえたかな、体についた虫は痒《かゆ》くないかな、お腹を下してたし具合が悪いのかも知れない。サラミなんて食べて、下痢がひどくなったら体力が持たないかも。伝達がうまくいかずに、私に連絡がくる前に保健所に連れて行かれたらどうしよう――。

無数の「もしも」が、浮かんでは消えてゆく。普段は忘れたように過ごしている、今まで味わった後悔や、いくつかの別れの記憶まで、蘇って頭の中でぐるぐる回り続ける。ああ、なにも手につかない。浅く眠っただけで目が覚めた私は、結局翌朝、拾得物の受付が開くという九時きっかりに、電話をかけた。

「飼い主が現れたら必ずお返ししますから、子猫を病院に連れて行ってもいいでしょうか」

断られたらどうしよう、とドキドキしながら聞くと、電話の向こうからは年配の女性の「いいんですか！」という明るい声が聞こえてきた。

「ぜひお願いします。私たちも、どうしたらいいだろうってみんなで話していたところで」

よかった。今すぐ行きますと電話を切って、急いでタクシーに飛び乗った。

やらなくちゃいけないことが、次々と思い浮かぶ。でも、まずはあの子を病院に連れて行って、体をすみずみまで診てもらわなくては。

警察署に着くと、さっきの電話の相手と思われる女性が、すぐに対応してくれた。記入するよう差し出された書類は、きっとほかに似た事例がないからだろう、もともとある見出しが線で消され、手書きで「仮預かり」と訂正してある。そこに名前や住所を書くと、やがてその人は、見覚えのあるケージを持ってきてくれた。

にー。にー。にー。にー。

元気すぎる鳴き声が、離れた場所まで聞こえてくる。ああよかった、ひとまずは無事だった。でもきっとあの子、怖がってまた私を威嚇するだろうな。

そう思いながら覗きこんだとき、意外なことが起こった。子猫は「にー」と一声鳴いたかと思うと、ケージに体当たりするようにして、力いっぱい私の方に体を寄せてきたのだ。

必死な顔でケージにしがみついて、子猫は鳴き続ける。檻に額をこすりつけ、すきまから何度も、小さな前足をこちらに伸ばす。

どうしたんだろう。怒っているのかな、いや、ちがう。この子は明らかに、私にむかってなにかを主張している。昨日一瞬顔を見ただけの私を、覚えているんだろうか。まさか、そんなはずはない。じゃあなんだろう。ここから出せと言っているのか、ただ不満を伝えたいのか、それともよっぽどお腹がすいているのか。

その足で動物病院に連れて行き、先生の前でケージを開けた。子猫は待ってましたとばかりに、ケージの扉が開ききるより前に、すきまに体を押しこんで外に出ようとする。ああ、やっぱり逃げたかったんだ。そう思った次の瞬間、子猫はまっすぐ、私の胸にかけ登ってきた。

にー。にー。にー。にー。

「え？」

驚いた。ここ？　君はずっと、ここに来たいと鳴いていたの？　大声を出していたのは、逃げたいからじゃないの？　ポカンとする私に、子猫はぎゅうっとしがみつく。こんな小さな体のどこに、と不思議になるくらいの力で、胸のあたりから離れようとしない。

先生が笑いながら、子猫を抱き上げてくれた。

「うわあ、ずいぶん汚れてますねえ。だけど人懐っこい子だ、ほら、ゴロゴロいってる」

言われてはじめて気がついた。本当だ、この子、喉を鳴らしてる。

「見たところ生後二、三ヶ月くらいかなあ、女の子です」

ああ、性別なんて気にする余裕もなかった。そうか、女の子だったんだ。

この子は私のことを、なにも知らない。どんな人間なのかも、自分をこれからどうするつもりなのかも。それなのにどうして、こんなに大きな声で私を呼んで、全力で体をこすりつけてくるんだろう。まるで、ここが自分の居場所だと言うみたいに。迷いや疑いなんて、最初からどこにも存在しないかのように。

もう一度抱かせてもらう。子猫はやっぱり胸元によじ登ってくる。ぷうんと嫌なにおいが鼻をつく。あ、そういえばこの子おしりがすごく汚れてたっけ、それに虫があちこちついてて……そんなことが一瞬頭をよぎったけれど、まあいいや、と考えないことにした。きゅっと抱きしめる。小さな体はほんのり温かい。

「一日入院して、病気の検査と、トリミングをした方がよさそうです。カルテを作りますが、この子の名前はどうしましょう」

そう聞かれて、改めて子猫を見た。必死の形相で鳴き続ける、やせっぽちの白猫の女の子。今日からはこの子に幸せなことがうんとたくさんあるように、なにか幸福感がある名前をつけてあげたい。

「じゃあ……『おもち』にします」

先生は、カルテにさらさらと名前を書き込んだ。「浅野おもちちゃん」。その文字を見てはじめて、ああ私たち家族になるんだ、と思った。

天文学的出会い

おもちを病院に預けて一息つくと、現実的な問題が、どっと押し寄せてきた。実はそのとき、私は入籍を控えており、難しい事態に直面している最中だったのだ。

夫となる彼は、三匹の猫と一緒に暮らしている。対して私はといえば、以前から小鳥を二羽飼っている。結婚するにあたって、猫と鳥と人がひとつ屋根の下で暮らす生活がはじまる。一体どうしたらみんなが快適なのか、私たちは、あれこれ試行錯誤しながら、段階的に引っ越しをしているところだった。

猫と鳥。この、考えられる限り最悪の組み合わせ。

経験上、私は小鳥の繊細さを痛感しているし、彼にしたって、猫の身体能力や、動きの予想のつかなさはよく知っている。万が一、いや、万万が一だって、決してなにかが起きてはならない。私たちは「なんとかなるでしょ」などと楽観的にはとてもなれず、これまでも何度も話し合いを重ね、引っ越しの手順を決めてきた。

まずは彼が、三匹の猫と一緒に、新居に引っ越しをする。それと同時に、小鳥のケージをすっぽり覆って保護できる、透明のアクリルケースを注文しておく。猫たちが新居に慣れ、かつアクリルケースが届いたら、小鳥たちを引っ越しさせる。猫にも鳥にもなるべくストレスがかからない家具の配置や、棚の高さなどを決めていく。すべてが落ち着いたら、私のマンションを引き払って、完全に新居に移り住む——。

そのときは、この計画の最終段階にあって、私は、住んでいた部屋の退去を数日後に控え、歩いて数分の距離にある新居に、毎日せっせと荷物を運びこんでいるところだったのだ。

それなのに。これほど計画的に進めてきたこの段階になって、おもちを引き取ることを、ほとんど勢いで決めてしまった。

しかも、動物病院の先生には、こう言われていた。

「野良猫の場合、血液検査で異状がなかったとしても、すぐに安心はできません。おもちちゃんは、今のところ病気は見つかっていませんが、感染したばかりで検出されなかった、という可能性もあります。二ヶ月後に再検査するまでは、念のため、ほかの猫との接触は最小限にして、トイレなども別々にして下さい」

つまりそれは、ゆるく隔離しておいて下さい、ということだ。できるんだろうか、そんなこと。でもやらなければ、今度はほかの猫たちに迷惑がかかる可能性がある。交番で遭遇したときは、引き取らずに帰る選択肢はないと思ったけれど、家族が突然増えるというのは、そんなに簡単なことではなかったのだ。

結局その日、仕事を終えて新居に戻ったのは夜だった。玄関の扉を開けると、いつものように、みんながそれぞれの方法で私を迎えてくれた。

まずは、「おかえり」と彼。そのとなりには、猫たち。玄関まで走り寄ってくる子もいれば、遠くに寝そべったまま、視線だけこちらに向ける子もいる。そして奥のリビングからは、私の気配を感じてケージから呼び鳴きする小鳥たちの声。我が家ながら、本当ににぎやかだ。

「ひとまず、必要なものは買っておいたよ」

彼は、大きく膨らんだビニール袋を持ってきた。私から連絡を受けてすぐに、ペットショップに行ったのだという。ケージ。新しい毛布が二枚。子猫のフードを入れる保存容器。フード用と水用の小さなお皿。それから、大きめのタッパーウェア。

「タッパーは、トイレの代用に。体がある程度大きくなるまでは、普通の猫用トイレだと、子猫はよじ登れないこともあるから」

彼の猫たちは、どの子も子猫時代に野良猫として保護され、彼の家にやってきた。だから彼は、野良猫に関しても、子猫に関しても経験値が高く、手際がいい。

床に座り込んで準備していると、いつもと違う私たちが気になるのだろう、猫たちが代わるがわる様子を見にきた。

後ろ足で立ち上がって、前足で「ねえ、ねえ」と私の腕を叩くのは、一番年上の雄猫、白地にサバ柄の、アルク。猫にしては短めの手足と、大きな瞳が特徴的な、ぬいぐるみのようにずんぐりしたフォルムのアルクは、とにかくおっとりのんびり、心優しい猫だ。

思慮深いまなざしで少し離れたところに座り、じっとこちらを観察するのは、キジトラ模様の雌猫、シマ。三匹の中で唯一、ドアノブに飛びついて扉を開けることができるシマは、こちらの言いたいことを、高確率で理解する賢さがある。理解することと、従うことはまた別、というところも、なんともおもしろい。

ピンク色の鼻をひくひくさせて、マイペースにあちこちかいでまわるのは、末っ子の雄猫、白地にキジ柄の、ちょび。生後たった二週間で保護されたちょびは、とにかく体調を崩しがちで、ちょっと前まで病院の常連だった。あと二ヶ月でやっと一歳、まだまだ子猫だ。

この三匹に加えて、アクリルケースの中のケージには、二羽の小鳥、オカメインコのアビと、スズメのケダマがいる。

明日になったらここに、問答無用で、隔離が必要な元野良猫、おもちが合流するのだ。

新居は、いざというとき猫たちと鳥たちを離しておけるように、広めの部屋ではある。けれどどこまで行っても、猫と鳥であることは変わらない。夜遅くまで、家具の配置を変えたり、ついたてを置いたりしたものの、「これなら絶対だいじょうぶ」などという確信は、なかなか持てない。

私、ちょっと無計画すぎたかも。勢いで引き取ると決めてしまったけど、結局は全員に、窮屈な思いをさせてしまうだけなのかも。そんなふうに思いはじめたとき、ふいに彼が言った。

「おもちとは、きっとご縁があったんだよ」

そして、生まれてはじめて猫を拾った日のことを話してくれた。それは私も聞いたことがある、でも何度でも聞きたくなる思い出話だった。

今から十年以上も前のこと。彼が部屋で一人仕事をしていると、細く開けた窓のむこうから、弱々しい鳴き声が聞こえてきたという。声を頼りに外に出てみると、車道のど真ん中に、なにやらモソモソうごめく生き物がいた。近づくとそれは、まだ目も開いていない、手のひらにすっぽり収まるくらいの、小さなちいさな、猫の赤ちゃんだった。

まわりを見回しても、母猫らしき姿はない。このままでは轢かれてしまう。だけどどうしたらいいんだろう。猫など触ったこともなかった彼は、ひとまず近所の動物病院に、その赤ちゃん猫を連れて行くことにした。動物病院なら、預かって里親を探してくれるかも知れないと思ったのだ。

「生後三、四日というところだね。子猫ってすごく弱いから、目を離さず、数時間おきに、このスポイトでミルクをあげて」

動物病院の先生は育て方を教えてくれただけで、赤ちゃん猫を引き取ってはくれなかった。仕方がない。ある程度大きくなったら、自分でもらってくれる人を探そう。こうして、生まれてはじめての猫との暮らしがはじまった。

彼の職業は、漫画家。当時はデビューしたばかりで、ひたすら机にかじりつき、一日中漫画を描くという生活だった。赤ちゃん猫を育てるには、それがかえって良かった。ティッシュの空き箱にタオルを敷き、赤ちゃん猫を入れると、仕事机の前に置いて見守った。ティッシュの箱さえ自力では脱出できないくらいに、猫はまだ小さかったのだ。

名前は「ひより」とつけた。先生が雌猫と言うからその名前にしたのだが、一週間後にもう一度連れて行くと「ごめん、よく見たら雄だった」と言われたらしい。ひよりは彼から片時も離れず、二、三時間おきにミルクを飲み、寝るときは彼の腕に頭をのせて、同じ布団で寝た。里親を探そうという気持ちは、いつのまにかどこかに行ってしまった。

数ヶ月が経ったころ、彼は、不思議なことに気がついた。

実はひよりは、上手に声が出せない猫だった。成猫になってだいぶ経ってから鳴き方を習得したものの、最初の数年間は、空気が漏れるようなごく小さな音を出すだけで「にゃあ」という声にはできなかった。

それならどうしてはじめて出会ったあの日、ひよりが発する、音にならない声が聞き取れたんだろう。仕事場は二階で、しかもひよりはまだ目も開いていない、生後たった数日の赤ちゃん猫だったというのに。

「縁があったってことなんだと思う」

と彼は言った。拾われる猫はみんな、ものすごい偶然が重なって、二度とは起きないだろう天文学的な確率で、自分のところにやってくるのだと。

そうかも知れない。おもちだっておんなじだ。私があと数秒、家を出るのが遅いか早いかしていたら、荷物があんなに重くなかったら、大通りの喧騒があと少し大きくて女性警官の声が聞こえなかったら——。

そこまで考えたとき、あ、と思った。おもちと出会えた一番大きな原因は、実はひよりかも、と思ったのだ。

十年以上前、彼が出会った一匹の猫、ひより。

私にとってもまた、ひよりは、生まれてはじめて仲良くなった猫だった。最初に肉球を触らせてくれたのも、私の腕枕で眠った唯一の猫も、ひよりだった。

おもちと出会った夜、喧騒の中で「猫を預かっちゃって」という声を聞いたとき、とっさに私の頭に浮かんだのは、ひよりの姿だった。ふかふかの前足やピンと伸びたひげ、お腹を出してこちらを見上げる、子猫のような甘えたまなざし。抱きしめたときに感じる、ほんの少し切なさが混じった幸福な気持ち。「猫」と聞いただけでそれらがありありと蘇って、あのときどうしても、黙って立ち去ることができなかったのだ。

ひよりはもう、ここにはいない。突然の別れをまだ引きずる私たちのところに、明日、おもちはやってくる。生まれ変わりだなんてセンチメンタルなことを言うつもりはないけれど、ひよりに紹介された、くらいに思っておくのは、きっと悪いことじゃない。

「よし、できた」

組み立て式のケージに、おもちの鼻の色と同じ、薄ピンクの毛布を敷いた。タッパーに猫砂を入れて設置すれば、おもちハウスの完成だ。

二人と、四匹と、二羽。私たちの新しい生活が、はじまろうとしていた。

許す猫、アルク

おもちを、病院から連れ帰った日。

にー。にー。にー。にー。

部屋のすみに設置したケージの奥、元気に鳴くおもちの声を聞きながら、私は祈るような気持ちで思った。どうか、三匹の猫たちがこの子と仲良くしてくれますように。末っ子の妹として、おもちを受け入れてくれますように。

猫というのは、相性がとても大切な生き物らしい。ネットを検索すると、そのことについて書かれたページが、山のように出てくる。

特に注意が必要なのは、初対面の猫同士を会わせるとき。相性がよかった場合、毛づくろいし合ったりくっついて眠ったりと、思わず頬が緩むような、微笑ましい姿を見ることができる。けれど相性が悪い場合は、流血沙汰の喧嘩になったり、どちらかがストレスで体調を崩したりと、かなり深刻な状況になってしまうらしいのだ。

「対面の方法を間違えると、うまくいくはずだったものも、いかなくなります」

そんな一文に、私は縮み上がった。

そっと顔を出して、部屋の外を覗いてみる。猫は耳がいい生き物なので、案の定、廊下を隔てたガラス扉の向こうには、三匹の猫たちが集まって、全身をアンテナのように緊張させてこちらを見ている。おもちの鳴き声がちゃんと聞こえているのだ。

末っ子ゆえにまだ子猫というものを知らないちょびは、頭のてっぺんにハテナマークを浮かべた顔で、どこか不安げにこちらを見つめている。あの声なんだろう、わけが分からない、といった様子だ。

賢く繊細なシマは、その場をぐるぐる歩き回りながら、ああこの感じ前にもあったわ、とでも言いたげに見える。生まれたばかりのちょびが引き取られてきたのは、ほんの数ヶ月前のことだ。

そして、アルク。一番歳上のアルクだけは、好奇心と期待が入り混じったようなまなざしで、短いしっぽをプロペラみたいにクルン、クルンと回していた。楽しいときや、ワクワクしているときのしっぽのふり方。

思わず笑ってしまった。ああ、アルクはどんなときでもあのスタンスだ。はじめて会ったときも、シマやちょびがもらわれてきたときも、アルクという子はいつだってそうだった。

私とアルクが最初に出会ったのは、今から七年前。当時、まだ友人の一人だった彼が、ふと、こんな言葉をもらしたのだ。「飼い猫のひよりが大切すぎて、いつかいなくなることを考えると、とても正気でいられる気がしない」と。

それならもう一匹猫をお迎えするのは？　と私は提案した。ひよりにも兄弟ができるし、ひよりを知る猫が一匹増えるって、心強い気がしませんか、と。

調べると、拾われたり、理由があって保護されたりした猫たちの里親を探す「譲渡会」と呼ばれるものが、毎週あちこちで開催されている。もともと動物好きだった私は、どんな様子か見てみたくて、ちゃっかり彼についていった。

そこにいたのが、推定生後一ヶ月半の、アルクだった。なんて目が大きな子だろう！第一印象でそう思った。

会場にはたくさんの子猫がいたけれど、その中でもひときわ大きなまあるい瞳。まばたきするたびに、ぱちくり、ぱちくりと音がしそうだ。その印象的な瞳で、きょろきょろあたりを見回しながら、ケージの中でぽつんと座っている。ほかの猫たちは、じゃれ合ったり、眠ったりしていたけれど、アルクだけはなにをするでもなく、ただぼーっとしている。ケージには、「仮名・あっくん」という札がついていた。

あまりにも無防備な様子で、なんだか立ち去りづらい。目が離せずにいると、スタッフさんがやってきて「抱いてみますか？」と声をかけてくれた。

そこで、私は生まれてはじめて、子猫を抱いた。

ああ、と思わず声が出た。小さな体。その体に対して大きすぎる、吸い込まれそうな潤んだ瞳。体毛は綿毛のように細やかで柔らかく、ちんまりとついた肉球はしっとり濡れていて、驚くほど温かい。

なんだろう、この生き物は。胸が苦しい。かわいい、という気持ちが強くなりすぎると苦しいのだということを、私はそのときはじめて知った。ひよりと仲良くなって、これ以上かわいい猫っているかしらと思っていたけれど、子猫のアルクのかわいさは、また別ジャンルだった。一瞬一瞬の表情が奇跡のように愛くるしくて、いくら見ても見足りない。

「あっくんは、私たちもびっくりするくらい、おっとりした子なんです」

スタッフさんがそう教えてくれた。

生後一ヶ月ほどのときに、カラスに狙われているところを小学生が見つけて、ここに保護されたというアルク。ガリガリに痩せていて、怖い思いをたくさんしてきたはずなのに、病院に連れて行ったら、診察台の上で居眠りをはじめたのだという。

アルクは、初対面の私に抱かれても嫌がるでもなく、まっすぐこちらの目を見返してくる。小さな額を指の先でそっとなでると、そのまま気持ちよさそうに目をつぶる。アルクと触れ合っているところだけが、じんわりと温かい。そういうことすべてが、なんだかとても尊く思えた。

柵で囲われたスペースで一緒に遊んでいいと言われて、彼と二人、アルクをそっと放してみた。おもちゃを見せると、トテテ、と走り寄ってくる。まるでアルク自身がおもちゃのようだ。けれどすぐに、あれ？　と思った。なんだか違和感がある。

まず、走るスピードがとても遅い。後ろ足に力が入っていないように見えるし、そもそも手も足も、他の子猫よりいくぶん短い。おしりは今にも床につきそうで、よたついて頼りなかった。思わず抱き上げると、今度は抵抗するでもなく、腕の中で丸くなる。

「あっくんは、足が弱い子かも知れません。保護したときからこうだったんです。もしこの子をお迎えするなら、成長してもちゃんと歩けるようにはならないかも、ということをご了承いただけたら」

なんてことだろう。こんなに無防備で小さな生き物が、どうやって一ヶ月も外で命をつないできたんだろう。母猫に守られていたのか、それとも足のせいでついていけず、一人ぼっちだったのか。ガリガリに痩せても、なぜおっとりとした性質を失わずにいられたのか。それって、すごいことなんじゃないのか。

「この子にします」

ふいに、彼が言った。それは私が、そうなったらいいな、と心の中で望んだとおりの言葉だった。

歩けるように願いをこめて、正式な名前は「アルク」、呼び名はそのまま「あっくん」となった。願いが通じたのか、検査の結果、アルクの足に大きな異状は見つからず、俊敏とは言えないものの、やがて普通の猫と同じように、歩いたり走ったりできるようになっていった。

高さがある場所から飛び降りるときは、きっとアルクなりに踏ん張るのだろう、着地と同時に必ず「みゅっ」と声が出てしまう。彼はそれを「あっくんはお腹に笛が入った特別な猫」と言った。アルクはすぐに、大切な家族の一員になった。

初対面の印象どおり、アルクは常に鷹揚で、一言で言うと「許す」ことに長けた猫だった。例えばふいに抱きしめても、柔らかなピンク色のお腹に顔をうずめても、いたずら心を起こして、わざと頭の毛を逆立てるようになでてみても、決して怒らず、体の力を抜いて、されるがままになっている。

リラックスしているとき、うにゃうにゃ、ふごふごと独り言を言うのが癖で、穏やかな顔でうにゃうにゃ言いながら、大抵のことを許して、受け入れる。そういう姿勢に、私はいつも胸を打たれてしまう。

アルクが二歳になったとき、今度はシマが、生後一ヶ月でもらわれてきた。彼から連絡を受けて様子を見に行き、驚いた。まだたった数日しか一緒にいないのに、アルクはすっかりシマを受け入れ、「お兄ちゃん」の顔になっていたのだ。

小さなシマが容赦なく体によじ登っても、まだ手加減を知らない前足で、アルクの顔面に猫パンチを食らわせても、まったく動じず、唸りもせず、ひたすらシマを許す。それどころか、シマが遊ぶのに付き合ったり、全身を丁寧に舐めて、毛づくろいまでしてやっている。相手が自分よりも小さく弱い存在なのだと、ちゃんと分かって力加減している。

なんて優しいお兄ちゃんなの、と抱き上げて驚いた。アルクのピンク色のお腹に、明らかに子猫のものと思われる歯型がついて、うっすら血が滲んでいたのだ。

「あっくん！　噛まれたら、怒っていいんだよ」

言いながら、思いがけずぽろっと涙がこぼれた。どうしてこの子はこうなんだろう、どうしてこんなに、いろんなことを許してしまえるんだろう。そんな私を気にするでもなく、アルクは抱き上げられたのが嬉しかったのか、腕の中で、うにゃうにゃ、ふごふごと独り言を言うのだった。

おもちが我が家にやってきた、翌日。扉越しにたっぷりと声を聞かせたあと、私は思いきって、アルクだけを部屋に招き入れ、ケージに入れたおもちと会わせてみることにした。

通常の対面の手順からすれば、かなり早い。でも、きっとアルクならという気持ちがあった。

「あっくん、妹が増えたよ。仲良くしてね」

扉を細く開けると、アルクはするりと部屋に入りこみ、奥に置かれたケージを見て、一瞬立ち止まった。でもすぐに、今度はおもちがしっかり見える位置まで移動すると、くんくんと匂いを嗅ぎはじめた。

おもちは、突然現れたアルクに驚いたらしく、しっぽを大きく膨らませ、全身を緊張させた。けれど、友好的な態度のアルクを見るとすぐに体の力を抜き、まるで真似をするように、鼻をヒクヒク動かしはじめた。

そんなおもちの前に座り込んで、アルクはしばらくじっと観察していたかと思うと、やがてしっぽを回しはじめた。クルン、クルンと、まるでプロペラのように。そして二匹はケージの柵ごしに、鼻と鼻とをチュッとくっつけて、挨拶したのだった。

アルクを潤滑油のようにして、おもちは拍子抜けするくらいあっさりと、我が家の猫たちに受け入れられていった。そして二週間後、警察署から「仮預かり」と定められていた期間が終わり、正式にうちの子になった。

今、おもちを抱き上げると、頭のあたりからぷうんと、独特のにおいがすることがある。

それはアルクが、もしくはちょびが、ときどきはシマが、小さな末の妹を丹念に毛づくろいした、よだれの香りなのだった。

おしっこ猫、シマ

猫と暮らすようになって、あきらめたものがいくつかある。

例えば、部屋に花を飾ること。一説によると、猫に害がある植物は七百種類以上あるそうで、中には、その植物を挿した水まで有毒になるものもあるらしい。そもそもそれ以前に、背が高く安定性に欠ける花瓶は、しょっちゅう猫が追いかけっこをする我が家のリビングに置いたら、きっと一時間と経たず、粉々になってしまう。花を飾るのは、猫立ち入り禁止の、お風呂場か玄関のみになった。

それから、家の中でお気に入りの服を着て過ごすこと。我が家の床や椅子に座れば、必ず猫の毛がくっつくし、そうじゃなくても足やら膝の上やらに、猫たちが無邪気にじゃれついてくる。猫と暮らしはじめてからは、家では、毛がついたり爪が引っかかったりしてもいいラフな服を着て、出かける直前に外出着に着替えるのが習慣になった。

ティッシュで遊ぶ子がいるので、ティッシュケースは蓋つきだし、同じ理由でゴミ箱も、ペダルを踏んで開閉するものに買い替えた。包装されているお菓子でも、どういうわけか目ざとく見抜いていたずらするので、菓子皿におやつを入れて置いておくなんて絶対にできないし、猫が苦手だとされるアロマオイルは、すべて捨てることになった。

そして、もう一つ。先日私はネイルサロンで、とても手触りのいいブランケットをかけてもらった。しっとりして、どこまでも手が沈み込んでいきそうな柔らかさ。うわあこれすごく気持ちいい、と思わずもらすと、ネイリストさんは親切に、どこで手に入るものか教えてくれた。それを聞きながら私は、ほとんど条件反射のようにこう考えていた。

ああでも、このブランケット、シマがおしっこしそう――。

そう、我が家でもっとも聡明な猫、しましま模様が愛くるしい雌猫シマは、トイレじゃないところに粗相する癖がある。シマとの暮らしはそのまま、おしりざわりがよさそうなものをあきらめ、今あるものをおしっこからガードする、攻防の歴史とも言えるのだった。

シマは、ちょっと変わった経緯で保護された猫だ。拾ったのは、動物病院の先生をしている女性だったらしい。あるとき、彼女が外に出ると、そこにひょっこり野良猫が現れた。見ると、なんだか様子がおかしい。どうしたんだろうと見守る彼女の前で、猫は突然いきみはじめ、なんと、その場でぽとんと赤ちゃんを一匹、産み落とした。

初産の若い猫の中には、自分が妊娠していることを認識できない子がいるそうで、その猫も、産んだ子猫を舐めることさえなく、さっさとどこかに立ち去ってしまった。

その、運悪く往来に産み落とされ、運良くそれが獣医師の目の前だった子猫が、シマだ。かくして、この世に生まれた瞬間から、母猫とも兄弟猫とも一度も触れ合うことがないまま、シマは譲渡会を経て、生後一ヶ月で彼のところにもらわれてきたのだった。

最初のころシマは、独特の雰囲気をまとっていた。言葉にするならば、生き物と無機物の区別がついていないような感じ、とでも言えばいいだろうか。

外見だけ見れば、ちょっと困っているようにも見える優しげな瞳と、お腹まで入ったしましま模様が、なんともかわいい子猫。けれど、なでても抱き上げてもいまいち反応が鈍いし、私たちのことが認識できていないかのように、空腹になってもなにも訴えてこない。生後〇日で保護されてから、家族はおろか、他の猫ともほとんど触れ合ったことがないシマは、主張すれば相手からもなにがしかのリアクションがあるということが、どうやらあまり分かっていないように見えた。

悩んだ末彼は、フードをあげるときに、手のひらから直接食べさせてみる作戦に出た。ドライフード、通称カリカリを、皿ではなく手の上に出し、膝にシマをのせて、名前を呼んだり、体をなでたりしながら差し出す。「猫と仲良くなる方法」をあれこれ検索したところ、見つけたのがこれだったらしい。自分たちはシマの友達だよ、もっと頼っていいんだよと伝えたくて、毎日数時間おきにこの方法で食べさせた。

アルクもまた、積極的にシマと関わった。一緒に遊んだり、くっついて眠ったり、体を舐めたりと、アルクはこちらが期待する以上に優しく、小さなシマに接し続けた。

その結果、どうなったか。物心つくころにはシマは、うんと甘えんぼな猫になっていた。ご飯がほしい、あっちの部屋にいきたい、一緒に寝たいなど、してほしいことは私たちの目を見て「にゃー」と主張する。パソコンに向かっていると机に飛び乗り、ゴロゴロいいながら腕の上にうずくまる。夜は、彼の枕に顔を乗せて一緒に眠る。

加えてシマは、とても賢い子だった。体が成猫に近づくころには、誰に教えられたわけでもないのに、ジャンプしてドアノブに飛びつき、扉を開けることを覚えていた。それだけじゃない。なんとシマは「人間を使ってドアを開ける」ことすらできてしまうのだ。

我が家には、シマが唯一自力で開けることができない、重たいガラス扉がある。ガラス扉はリビングについているので、こみ入った作業をする場合、私たちはリビングに行き、猫たちには一時的に、ガラス扉のむこうに出てもらうことがある。そんなときシマは、自力で開けられないガラス扉ではなく、すぐとなりにある風呂場のドアに飛びついて、用もないのに開けるのだ。

風呂場は、事故があっては怖いので、我が家では猫立ち入り禁止と決まっている。だから風呂場のドアを開けられてしまうと、必然的に、「こら、そこは入っちゃだめでしょ」

なんて言いながら、私たちは、風呂場のドアを閉めるために、リビングのガラス扉を一度開けざるを得ない。するとシマはその隙に、すきまからするりとリビングに入りこむ。「こっちをあければ、そのあとここがあく」という計算まで、できてしまうのだ。

そこまで「わけがわかった」猫なのに、シマには粗相の悪癖がある。はじめての被害者は、私だった。

彼の家に遊びに行ったときのこと。その日私が持っていたのは、夏用の、ストロー素材のトートバッグだった。ソファーに置いていたそのバッグから、気づくとなにか強いにおいがする。今までかいだことのない、鼻の奥にガツンとくるにおい。くんくんと鼻でたどっていくと、バッグの中にあったコットンの袋が、しっとりと冷たく、かつ、強烈にくさい。それが猫のおしっこだと気づくまで、しばらくかかった。なにせ、ひよりもアルクも粗相などしたことがなかったし、おしっこは、猫砂に吸収されたあとのものとはまったく違う、とにかく独特な香りがしたのだ。

わざわざ、こんなに狭くて不安定な場所に入ってするなんて！　思わず顔を覗きこむと、当時生後三ヶ月だったシマは、いつもと変わらない邪気のない顔で、みゅー、と鳴くのだった。

その後もシマの粗相は、とどまるところを知らなかった。布団の上。枕。ダウンコート。

お高いレザーのバッグの、よりによって持ち手のところ。束ねておいた領収書の上。座布団。毛足の長い絨毯。その後張り替えた、毛足の短い絨毯にも。二日連続ですることもあれば、半年ほどあいだをおいてこちらが油断したころにまた、ということもある。

　もちろん私たちも、そのたびに原因を考えた。トイレが気に入らないのかな。お腹の調子が悪いのかも。どこかに病気があるのでは。けれど、猫用トイレをいくつも買い替え、猫砂を何種類も試し、病院で検査してもらっても、これといった原因は見つからない。ほとほと困っていたある日、彼の部屋から、悲鳴が聞こえてきた。

「ひゃあああー」

　驚いて駆けつけた私の目に飛びこんできたのは、椅子の背もたれにしがみつくシマと、上半身がぐっしょり濡れた彼の姿だった。

「風呂上がりに椅子に座ったら、突然シマが背もたれにかけ登って、シャワーみたいに上からおしっこを！」

「えー」

　びっくりを通り越して、もはや感心してしまった。椅子の背もたれは平べったい作りで、シマにとっても決して居心地のいい場所ではないらしく、ぷるぷるとバランスを取りながら、必死の形相で両手両足を踏ん張っている。シマ、なぜそこまでして。結局この行動は、日を置いて三回繰り返された。

その後、私たちは何度も話し合い、最終的にこう仮説をたてた。シマにとっておしっこは、なにかを強く訴える手段なんだろう、と。

子猫のころのシマの粗相は、きっと本当に単なる粗相だった。猫は母猫を見てトイレの仕方を覚えると聞いたことがあるけれど、その経験ができなかったシマは、トイレじゃないところでしてしまうことのなにが問題か、よく分からなかったのだと思う。でも、粗相のたびに慌てたり困ったりする私たちを見て、賢いシマはおそらく、こう考えた。

「なにかいいたいことがあるときは、おしっこをつかえばいいんだ」

思えば彼にむかって粗相した日も、いたずらっ子のちょびに追いかけられたあとで、不機嫌そうにしっぽをパタパタさせていた。他の猫より甘えたがりで、依存心も独占欲も強いシマ。でも、赤ちゃんだったころに、それでいいんだよと教えたのは私たちだ。シマの粗相とは、覚悟を決めてじっくり付き合っていこう。

今、我が家はあちこち、シマの粗相仕様に改造されている。カーペットも、ベッドカバーも、クッションも撥水加工。カーペットに関しては、タイルのようにはがして、汚れたところだけ洗えるようになっている。それだけじゃない。必要ないものはすべて棚か引き出しにしまう習慣がついたし、「これはきっとシマがおしっこする」という、おしりざわりがいいものに対する判断能力も磨かれてきた。その甲斐あってか粗相も、ほとんどなくなったと言えるくらいにまで減りつつある。

これを書いている今もシマは、私と、パソコンのキーボードとのあいだに入り込み、甘えるとき特有のうっとりした顔で、ゴロゴロいいながら額をすりつけている。とろけそうに柔らかい例のブランケットはあきらめるしかないけれど、しましまのしっぽに視界をさえぎられながら仕事する今の暮らしも、実は悪くないなと思っている。

ちょび、九死に一生を得る

我が家には、猫用の体重計がある。それで数日に一度、四匹それぞれの体重を計るのが習慣だ。

子猫のころ飢えた経験があるからか、食べることに前のめりなアルクは、油断するとすぐにぽっちゃりしてしまうし、反対に一度も飢えたことがないシマは、決まったフードにしか興味を示さず、ともすると痩せてしまう。四匹いれば、生い立ちも好みも体質もさまざまなので、体重を見ながら、フードの量を調整してそれぞれの容器に入れるのだ。

以前はもっとおおらかに、なんとなくこれくらいかな、お腹すいたって言ってるもんなと、猫側の主張に基づいて食べさせていた。はじめての猫ひよりは自分で量をコントロールして食べる子だったので、猫ってみんなそうだと思いこんでいたのだ。けれどその結果アルクを、理想体重から、なんと一・五キロもオーバーさせてしまった。猫の一・五キロは、人間でいうと十五キロ。かなりのぽっちゃり具合である。

それを今度は約二年かけて少しずつ、ゆっくりダイエットさせなくてはならず、アルクに「もっとたべたい」と主張されるたび、本当に胸が痛んだ。私たちは深く反省し、体重をしっかり計ること、フードの量を管理することを決めたのだった。

今、我が家の猫たちの体重は、一番軽いのがシマで、約四キロ。

おもちは一歳になるころシマを抜き、現在四・二キロ。

ダイエットに見事成功したアルクは、約五キロ。

そして一番重いのは、ちょびの五・三キロとなっている。

この数字を見ると、ちょび、よくぞ大きくなってくれたと思わずにはいられない。ちょびは、推定生後二週間で拾われ、引き取ったときはたった四百グラムの、まだミルクしか飲めない、手のひらサイズの赤ちゃん猫だったのだ。小さすぎるちょびはとにかく体調を崩しがちで、そのころ私と彼は、赤ちゃん猫がかわいいなどと思う余裕もなく、どうにか無事に生き延びてほしい、早く成長してほしいと毎日祈っていた。

ちょびと出会ったのは、アルクとシマを譲り受けたのと同じ譲渡会。彼が、譲渡会の会場に猫用のおもちゃを買いに立ち寄ったとき、「たった今、そこで保護したの」という猫たちが運ばれてきたのだそうだ。まだ若い母猫に、数匹の赤ちゃん猫。ひとまず病院に、ということになったが、それには結構なお金がかかる。結局、その場にいる人たちが手分けして連れて行くことになり、そのとき彼が受け持ったのがちょびだった。

はじめて対面したときは、あまりの小ささにただ驚いた。

「わー、猫っていうより、ねずみみたい」

思わずつぶやくと、彼も、だよね、と同意した。ちーちーと鳴くか細い声、ひょろりと不安定な手足、ぽってりまあるいお腹。ちょびは、私が今まで見た中で間違いなく一番小さな猫で、もはや猫には見えなかったのだ。

そしてその日から、ちょびに授乳する日々がはじまった。

最初私は、授乳というのは、誰でもすぐにできるものだと思っていた。テレビで見た映像では、子猫は、まるで本能に導かれるように母猫のお乳を探り当て、自力でごくごくと飲んでいた。だからてっきり、哺乳瓶を差し出せば、あとは自然とことが運ぶと思いこんでいたのだ。ところが実際は、そんなに簡単ではなかった。

まずは、温度。動物病院の先生によると、子猫はデリケートで、ミルクの温度が少しでも高いと、口の中をやけどしてしまうし、反対に低いと、お腹を下してしまうという。生後まもない子猫にとって、下痢は命の危険につながりかねない。私は、適温と教えられた三十八度ぴったりにすべく、ミルクを作るたびに、温度計とにらめっこすることになった。

授乳のときの姿勢もまた、大切だった。人間の赤ちゃんのように仰向けにして飲ませると、ミルクが肺に入って、窒息することがあるらしい。確かに、かつて見た映像の中で、母猫のお乳に吸いつく子猫たちは、みんなうつぶせの姿勢をとっていた。

教わったとおり、ちょびの小さなお腹を手のひらに乗せるようにして、鼻先にミルクを差し出してみた。けれどちょびはちょびで、哺乳瓶から飲むことに慣れていないからか、飲み口を強く噛みすぎたり、顔をあちこち向けたりと、ちっとも上手に吸ってくれない。ああ、こうしているあいだにもミルクの温度が下がってしまう、そんなに動いて肺に入ったらどうしよう。私はただ、やきもきするばかりだった。

でも、そのうち少しずつではあるけれど、コツがわかってきた。どうやらちょびも、ちょうどいい首の角度や姿勢が定まってきたらしく、何度目かの授乳でついに、「く、く、く、く」とリズミカルな音を立て、ミルクを飲みはじめた。

「よかったあ」

思わず声を上げる私の手の中で、ちょびは細い足を必死に踏ん張り、一心不乱に哺乳瓶を吸うのだった。

子猫の目というのは、生後二ヶ月ほどの間だけ、キトンブルーと呼ばれる、青みがかった独特の色をしている。ミルクを飲むときちょびは決まって、その青く潤んだ瞳で、じっとなにかを見つめていた。あれはなにを見ていたのだろう、哺乳瓶や、授乳する私の顔などではなく、もっと遠いどこかに思いをはせているような、うっとりとした不思議なまなざしなのだ。あの表情を、私は今日に至るまでほかで見たことがない。

そうやってミルクを吸いながら、きっと母猫のお乳を押す仕草なのだろう、ときおり小さな手で、わやわやと空をかく。やがて満腹になると、一目で分かるくらいはっきりと、お腹がまあるく膨れる。その後排泄したら、あとは電池が切れたみたいにコテンと寝てしまう。ああよかった、きっとこうしてあっというまに子猫時代は過ぎていくのねと、私は胸の奥がじわりとした。

でもそれは、大きな間違いだった。

我が家にちょびがやってきて、数日後のことだった。そのころ彼は、かつてひよりにそうしたように、机の上にケージを置き、一日中、ちょびの様子を見守りながら仕事をしていた。夜中にケージを覗きこむと、つい数分前まで元気に一人遊びしていたちょびが、ぐったり横たわり、苦しそうに荒い呼吸をしていたという。

驚いて、すぐに二十四時間対応の病院に連れて行った。移動のタクシーの中でも、ちょびはみるみる弱っていく。医師の診断は、「ミルクが気管に入ったことによる誤嚥性肺炎のなりかけ」。そのまま緊急入院が決まった。

翌朝連絡をもらった私は「助かる見込みは五分五分」という言葉に、頭をがつんと殴られたような気がした。急変する数時間前にミルクを飲ませたのは、私だったのだ。

きっとあげ方が悪かったんだ、でもどうすればよかったんだろう。だって上手に飲んでくれたように見えたのに、特にむせたり苦しそうにする様子はなかったのに。野良猫たちは、危険がたくさんある外の世界で子猫を育てる。それなら、安全で清潔な場所にいる私にはさほど難しくないはずと、どこかで高を括っていた。こんなふうにあっというまに、命が危険に晒されてしまうなんて。

お見舞いに行ってケージを覗きこむと、ちょびは、点滴が刺さった足を引きずるようにして立ち上がり、私たちに近づこうとする。ちょっと前まで生き生きと光っていた瞳はうつろで、チャームポイントのピンク色の鼻は、血の気が引いて真っ白になっていた。

少しでも安心させてあげたい、でも出会ってまだ数日の私たちを見て、安心なんてするだろうか。今ちょびは、心のよりどころもなく、あんな小さな体でたった一人、五分五分の確率を闘っているのか。私たちはなにもできず、毎日病院と家とを往復しては、ただ見守るしかなかった。

幸いちょびは回復し、数日後には退院できることになった。キャリーケースに入れようと抱き上げると、点滴のために毛を剃られたはげのある前足で、私の手にきゅっとしがみついてきた。体はまだ、手のひらに満たないほどの大きさだった。

その力の弱さに、私は改めて、子猫の儚《はかな》さをかみしめた。ごめんね。これからはなにがあっても絶対に、油断せずにちょびを育てるから。その後は、夜も交代で様子を見守り、それまで以上に慎重に授乳をした。その甲斐あってか、ちょびはミルクから離乳食を経て、カリカリが食べられるまでになった。

ああよかった、今度こそこのまま大きくなってくれるはずと、私はちょびを抱き上げた。そしてぎょっとした——この子、脇の下にいくつもしこりができてる。

そのしこりが、カリカリを食べたことによるアレルギーだと分かるまで、ちょびはまたも入院と、小さな手術をしなくてはいけなかった。病理検査の結果を待つあいだ、生きた心地がしなかったのは言うまでもない。幸い、ちょび本人がしこりを痛がったり痒がったりすることはなく、やがてアレルギーが出ないフードも見つかり、ホッと胸をなで下ろした。けれど安心したのも束の間、そのわずか一ヶ月後に、今度はあろうことか、後ろ足を骨折してしまうのだ。

生後二ヶ月をむかえたちょびはやんちゃで、部屋をあちこち走り回るのが日課だった。ある日彼がふと、ちょびの姿が見えないことに気づいて家中探すと、カーテンの奥に隠れるようにして、ちんまりうずくまって震えていたという。このときは、私が病院に連れて行った。泣きたい気持ちでドアを開けると、看護師さんは、

「えーっ、ちょびちゃん、また来たの！」

と目を丸くした。
「高いところから足を滑らせちゃったのかなあ。幸い、きれいに折れてはいます」
レントゲンを見ながら、担当の先生は、気の毒そうな顔で私とちょびを見た。そして、さらに気の毒そうに手術の見積もりをくれた。それを見て思った。とにもかくにも命に別状がなくて本当によかった、覚悟していた額より三倍以上高い治療費もこの際もういい。だけど、ひよりもアルクもシマも、あんなに走り回っても骨折どころか、捻挫すらしたことがないのに、ああ、どうしてちょびばっかり!

その後、骨がきちんとくっつくまで私たちは、ちょびが高いところに上らないよう、ジャンプやダッシュをしないよう、ぴったりついて回る日々を過ごした。抜糸が終わり、やっと走ることができるようになったころ、今度はワクチン注射で具合が悪くなり、またも入院。二度のワクチンを、入院した状態で打ってもらうことになる。結局、最初の半年間で、ちょびが入院しなかったのは、たった一ヶ月だけだった。

あのちょびが今、こんなにも大きく成長しているだなんて。

体重計の数値がピッと表示されるとき、ふと、得も言われぬ気持ちがこみあげることがある。思わずぎゅーっと抱きしめると、骨折したのが嘘のように太く大きく成長した後ろ足で、ちょびは心底迷惑そうに、私の胸を蹴るのだった。

伝説の鳥病院と、ケダマのこと

スズメと一緒に暮らしていることについて、書かなくてはいけない。

そう、我が家には四匹の猫のほかに、鳥が二羽いる。一羽は、私が二十代前半からずっと一緒に暮らしている、オカメインコのアビ。そしてもう一羽が、ケダマと名付けたスズメだ。

ケダマと出会ったのは、今から六年前。近所の商店街を歩いているときだった。チーチーという甲高い声が聞こえて、見るとコンクリートの低い塀の上に、茶色い小さな塊が丸まっていた。思わず足を止めた私に、どこかの店の人なのだろう、年配の女性が顔をしかめて話しかけてきた。

「あのスズメ、朝からずーっと、ああやって鳴いてるの。うるさいって追い払ってるのに、この辺りからいなくならなくて」

見ると、おもちゃかなにかだと思ったのは、まだくちばしの黄色い、それはそれは小さなスズメの雛だった。女性が叩き落とさんばかりに大きく手を振ると、かろうじて逃げようとするけれど、すぐにヘナヘナと地面に落ちてしまう。思わず駆け寄って、両手ですくい上げた。雛は、どこかにぶつけたのだろう、額に血をにじませ、もう抵抗する力も残っていないのか、茶色い羽毛を膨らませたままじっとしている。

私は、オカメインコのアビと、その時点で十年以上一緒に暮らしていた。だから雛を見たとき、この子はもう長くないんだと思った。

鳥というのは、具合が悪いのを隠す習性がある。野生の世界では、弱っていると悟られたら最後、獲物として真っ先に狙われてしまうからだ。鳥がこんなに衰弱した様子を見せるのは、もう隠す余裕すらないということだ。六月とはいえ時刻は夕方で、気温はどんどん下がってきている。この子は飛べなくなるまでこうして追い払われて、短すぎる命を終えてしまうのかと思ったら、もう一度地面に戻すことは、どうしてもできなかった。とっさにタクシーを拾って、私は近所の動物病院に向かった。

「体温が下がってますね。頭部に怪我もあるし、餌を食べられないほど衰弱しています。おそらく助からないでしょう。ただ、集中治療室に入れることはできます」

鳥が専門ではないというその病院は、それでもできるだけのことはしてくれるという。子スズメの体重は、たった十二グラム。十円玉三枚にも満たない軽さだった。診察台の上で、雛はもうまぶたすら開けていられないのだろう、目をつぶり動かない。ダメもとで、集中治療室に入院させることを決めた。すると、便宜上名前をつけてほしいと言う。

「それじゃあ……ケダマにします」

今すぐ命の火が消えても不思議ではない、弱りきった茶色の塊。かわいい名前をつけて情が移ったら、あとで辛くなると思ったのだ。

その日からケダマは、手厚い看護を受けた。翌日様子を見に行くと、昨日までなかった、小鳥用の細いシリンジとフードがあった。ケダマのために、急きょ用意してくれたのだという。自力では食べることさえできないケダマの口に、先生がそのシリンジで、強制的にフードを入れる。雛への強制給餌《きゅうじ》というのは難しく、手加減を誤ると、小さすぎる喉を突き破ってしまうこともあるという。そんな繊細な作業を日に何度も施され、ケダマは一進一退を繰り返した。そして、集中治療室に入って七日後、ついに危篤状態を脱することができた。もう退院してもだいじょうぶだという。

「家でもフードをしっかり食べさせて下さい。体重が二十グラムに達したら、外に放しても大丈夫でしょう」

その言葉に、ホッと力が抜けた。見るとケダマは、パサパサだった羽毛に少しだけ艶が出て、プラスチックケースの中でちょんちょんと飛び回っている。ビーズのように光る瞳でこちらを見て、ときどき、チー！　と声をあげたりもする。

よかった、一週間前と比べたら見違えるような回復ぶりだ。この調子ならきっと、外に放せる日もそう遠くないだろう。自宅にはアビがいるし、人間に馴れさせないよう気をつけながら、一日も早く元気になってもらおう。

そう決意する私に先生は「これがフードです」と、小さなケースを差し出した。

「……え?」

覗きこんで、絶句した。そこには、全長二センチほどの肌色のイモムシが、何十匹とうごめいていたのだ。

「これはミルワームといって、脂肪分が高いフードです。毎日三時間おきにあげて下さい。ただし、ケダマちゃんはまだ弱いので、固い頭部は食べられません。まずミルワームの頭を切断して、体をしごいて、内臓部分だけを出してあげて下さい」

いやいやいやいやいや、待って下さい、いくらなんでもそれは。そもそもこの虫を素手でつかむ時点で絶対無理です。そう首を振る私の前で、ケダマは、先生から差し出されたミルワームを、ちゅるん、と吸い込んだ。お蕎麦かなにかのように、本当においしそうに。

ああ私だって、やっと助かる兆しが見えた小さな命を大切にしたい。虫が嫌だという気持ちとケダマの命、天秤にかけたら命が重いに決まってる。だけどそれってちょっと究極の選択すぎやしないだろうか——。

意を決して、指先でそっとつまんでみる。ミルワームはひんやりしていて、思いのほか力が強い。危機が迫っていることが分かるのか、ぐねぐねと体をよじらせ、懸命に逃げようとする。私は必然的に、しっかり力を込めてつかまざるを得ない。これからこの行為を、毎日三時間おきにするだなんて。

こうしてケダマは、我が家にやってきた。私がぐったり消耗しながらどうにか差し出すミルワームを、ちゅるん、ちゅるんと平らげながら、日に日に元気になっていく。野生の生き物を拾ってしまった代償がこれなら受け入れるしかないと、私も腹をくくって、できる限り世話をした。

慣れというのはすごいもので、最初はただ恐ろしかったミルワームも、少しずつではあるけれど、躊躇せずつかめるようになっていった。どうかこのまま、ケダマが元気になって飛び立っていってくれますように。毎日ただ、それだけを思った。

けれど、退院して十日経っても、ケダマの体重は一向に増えなかった。育ち盛りの雛であることを考えると、さすがにこれはおかしい。

鳥の「元気な芝居」というのは本当に巧妙で、フードを食べる体力がなくても、ついばむ演技をして、元気に食べているふりをすることさえある。見た目だけで判断すると騙されてしまうけれど、さすがに体重で嘘をつくことはできない。ここでぐずぐず様子を見ていたら、また命にかかわるかもしれない。私は、今度は鳥専門の先生に診てもらおうと決めた。

ところが、いくつかの病院を訪ねて驚いた。先生によって、診断が全然ちがうのだ。体重が増えないのはミルワームの栄養価が低いからで、蜘蛛《くも》の子やコオロギを採ってきて食べさせた方がいいという人。スズメは文鳥と体の構造が似ているので、文鳥用のフードに変えるべきだという人。そのたびに私は、爬虫類《はちゅうるい》を扱うペットショップで餌用のコオロギを買ったり、小鳥専門のお店にフードの相談に行ったりと、手探りで解決策を探した。そんなとき、電話で問い合わせた病院の先生に、こんな言葉を投げかけられた。

「あなたがしていることは、犯罪ですよ」

え？　思いがけない台詞に、一瞬なにを言われているのか分からなかった。その人は軽蔑の色を隠しもせず続けた。――きっとあなたはいいことをしているつもりなんでしょう。でも、スズメというのは野鳥で、勝手な保護は条例で禁止されています。二十グラムに達したら放鳥？　それは知識がない獣医の、無責任な発言です。人間に育てられたスズメは自分で餌が採れず、元気だろうが病気だろうが、外に放せば必ず死にます。それが自然の摂理で、その死骸を餌にする生き物もいるんです。だから、そのスズメは今すぐ放さなくてはいけません――。強い語気。電話が切れたあとも呆然として、しばらく動くことができなかった。

その後、調べてみて青ざめた。「野鳥は生態系維持のため、飼育も保護も禁止」注意を喚起するサイトがいくつもヒットし、拾ってもすぐに放すようにと書いてある。いや、でも、放鳥したら必ず死ぬと言われたのに。どうにか方法はないかと、役所や動物園に問い合わせてみた。けれど、どこも答えは同じだった。

「スズメじゃなく、せめてもっと珍しい野鳥だったら、やりようもあったのにねえ」

と言う人もいた。確かにケダマはありふれたスズメです、でも最近やっと殻つきの種をくちばしで剝《む》いて食べられるようになったし、毎日少しずつできることが増えてるんです
――ぶつけても仕方のない言葉が、頭の中でぐるぐると回る。

気持ちの整理がつかないまま、私は、ケダマを放す場所を探した。晴れた日を選べば、空を思いきり飛べるだろう。でも自力で食べ物が採れないケダマには、飢えの苦しみが長引くだけかもしれない。雨の日に放せば、きっとすぐに凍えて動けなくなる。もしかしたらその方が、まだしも優しい選択だろうか。ああ出会ったあの日、放鳥することと命を奪うことが同じだと知っていたら、絶対に拾い上げたりしなかったのに。

天気予報を見ながら、毎日、今日こそは、今日こそはと思った。「犯罪」という言葉と「必ず死ぬ」という言葉が代わるがわる浮かぶ。けれどどうしても、私にケダマを放すこ

とはできなかった。

鳥好きの先輩に、とある病院を紹介されたのは、そんなときだった。ホームページなどは一切ない、知る人ぞ知る鳥専門病院。診療時間は週にたった二日、午前中の二時間半だけ。けれど鳥と暮らす人たちからの信頼は厚く、全国から患者が集まるという。

ほかに頼れる場所はないし、なによりケダマの体重が、ついに少しずつ減り始めていた。野鳥に詳しい先生だからと言われて、最後にダメもとで行ってみることに決めた。教えられた道を行くとそこにあったのは、看板がなければ通り過ぎてしまいそうな、古い民家だった。

本当にここが病院なんだろうか。だって、一般のお家にしか見えない。恐るおそる玄関をくぐり、中に入った。部屋には、椅子がずらりと並べられていて、さまざまな大きさのケージを抱えた人たちが、慣れた様子で座っていた。椅子をたどっていくと、先頭には大きな机が置かれていて、そこで年配の男性が、手際よく診察している。どうやら、この部屋がそのまま診察室で、並べられた椅子が待合室がわりのようだった。普通の動物病院にあるような壁やパーテーションは一切なく、診察の様子も、先生とのやり取りも、すべてが丸見えだ。

ちょうど目の前では、足を骨折したというセキセイインコが、診察の真っ最中だった。

ギプスが無事に取れ、足も元通りになったと、やり取りが聞こえてくる。すると、順番を待つ人たちも鳥を愛する人たちなのだろう、ああよかった、と安堵の声があがった。不思議な一体感。こんな病院ははじめてだ。

やがて、私の番が来た。机にケージごとケダマをのせる。あらスズメ、という誰かの声が聞こえた。

野鳥は診られませんと言われたらどうしよう。これは犯罪ですと指摘されたら。私はもごもごと、今までの経緯と、体重が少しずつ減っていることを説明した。先生は表情を変えずにうなずくと、よどみなくケージに手を入れ、すばやくケダマを捕まえた。そして、羽を広げたり、フンを顕微鏡にかけたりと、粛々《しゅくしゅく》と診察をはじめた。しばらくそうしたあと、顔を上げて言った。

「よく、ここまで育てましたね」

驚いた。それは、予想もしなかったねぎらいの言葉だった。

ぽかんとする私に、先生は説明してくれた。スズメというのは、明らかに弱い個体が生まれたとき、育てるのを放棄し、捨ててしまう場合があること。体の小ささや骨格を考えても、ケダマは、親に捨てられた弱い雛の可能性が高いこと。お腹にコクシジウムという虫がいて、それが原因で体重が増えなかったこと。あと数日放っていたら、おそらく亡くなっていただろうこと。

「ここまでお腹に虫がいると、普通は痛みでなにも食べなくなるんですが、この子は頑張りましたね。どちらにしても、自然界では生きていけないスズメです。このまま寿命まで育ててあげて下さい」

薬とフードを手渡され、育て方の詳細なレクチャーを受けた。最後に先生は、「野鳥はお代をいただきません」と静かに言った。

すべてが予想外のことで、すぐには言葉が出てこなかった。鼻の奥がツンとして、私は何度もまばたきしながらケージを覗きこんだ。ここ数日は、もう直視するだけで胸が痛かった、ケダマの姿。ケージの中では、自力では生きられないという小さなちいさなスズメが、それでも命を震わせるようにして、ちゅんちゅんと力いっぱい鳴いていた。

鳥たちの喜怒哀楽

長いあいだ、勘違いしていたことがある。鳥という生き物は、それほどたくさんの感情を持っていないんじゃないか、と思っていたのだ。

例えば犬や猫ならば、はしゃいだり怒ったり、すねたり甘えたりと、表情豊かに暮らす姿が、すぐに思い浮かぶ。言葉こそ話さないけれど、彼らはまるで人間のように、いろいろなことを感じ、表現しながら生きているように思う。

でも、例えばカラスとか鳩とか――いや鳥に限らず、ライオンだとかキツネあたりの動物となると、私の頭に浮かぶ顔は、いつだって無表情だ。すーんとした顔のまま、狩りをしたり子育てしたり、飛んだり走ったりしているような印象がある。彼らに対して私は、人間とは感情の幅がちがうんだろう、そういう生き物なんだろうと思っていた。

それはちがうと教えてくれたのが、オカメインコのアビと、スズメのケダマだ。

アビと出会ったとき、私は二十代前半だった。そのころの私は、声優として仕事をはじめたばかりで、経済的にも精神的にも余裕がなく、先輩方が、一緒に暮らす猫や犬の話をするのを、うらやましく思いながら聞いていた。当時私が住んでいたマンションは動物禁止だったし、そもそもまだ将来が見えず、手がかかる生き物とは暮らせそうになかった。そんなとき、ちょっと覗いてみるだけ、と立ち寄ったペットショップで遭遇したのが、アビだったのだ。

『オカメインコ』と書かれたプラスチックケースの中、体を寄せ合って眠る雛たちのあいだにいた、一羽だけ明らかに大きい子。他の雛は、まだ羽も生えそろっておらず、ちんまり静かにまるまっているのに、その子だけは灰色の羽がきれいに生えていて、小さなケースの中、まるで飛ぶ真似ごとをするみたいに、何度も羽ばたいている。プレートを見ると、種類は「ノーマル」とだけ書かれていて、値段も一番安い。

ああ、売れ残っちゃったんだなあ。そう思いながら見つめていると、私を認識したのか、その子はこちらにむかって突然タックルをはじめた。必死の形相。出してくれと主張しているのは明白で、タックルのたびにコツンコツンと、羽がぶつかる大きな音がする。

いやいやごめん、私、生き物と暮らす余裕なんてないんだよ。怪我でもしたらたいへんだから、タックルはやめて。心の中で謝って、慌てて店を出た。けれどもう、さっき見た姿が頭から離れない。つぶらな瞳、頭のてっぺんのアンテナみたいな羽、それからなんといっても、オカメインコという名前の所以でもある、オレンジ色のほっぺた。

もう飛べるんだろうに、あの子はいつまで、あんな小さなケースに入れられてるんだろう――。悩みになやんで数時間後、ペットショップに戻った。プラスチックケースごしに見た、今にも絶叫しそうな形相が忘れられず、阿鼻叫喚《あびきょうかん》から「アビ」と名付けた。

一緒に暮らしてみると、アビは本当に、表情豊かな生き物だった。自分の名前を認識するのはもちろんのこと、「おいで」もすぐに覚えて、呼ぶとパッと私のところまで飛んでくる。毎日三十分ほど、ケージから部屋の中に放すのだが、旺盛な好奇心は、とどまるところを知らない。私が食べているものは一緒に食べたがって、胸元までよじ登ってきては、咀嚼《そしゃく》する唇をじっと観察する。文字を書いていると、ペン先の動きが気になるのか、くちばしで齧ろうと執拗に追いかけてくる。当然それでは、なにも書けっこない。

「ちょっと、やめてよアビちゃん」

注意すると、今度は少し離れたところに飛んでいき、思いきり明後日の方を向く。

「きこえてませんよー」

というお芝居なのだ。頭はこんなに小さいのに、自分が怒られていると瞬時に理解して、かつ、ごまかす、なんてことをやってのけるとは。アビがわざとらしくしらばっくれるたびに、思わず笑ってしまう。そして私が笑うと、また肩まで飛んできて、なでてなでて、と首の後ろを差し出すのだ。

それじゃあ、スズメはどうか。もちろんケダマも、アビに負けず劣らず、豊かな感情を持っている。

例えばケダマには、お気に入りの飛行ルートがある。リビングを反時計回りにまわって、対面式キッチンをすりぬけ、またリビングに戻ってくるというものだ。最初ケダマは、そのルートを怖がっていた。キッチンカウンターと天井のあいだの、ちょっと狭くなっている場所を警戒していたのだろう、部屋に放してもずいぶん長いこと、キッチンだけは避けて飛んでいた。

けれどあるときふと見ると、その狭くなったところを飛ぼうと、練習しているではないか。様子をうかがうように近づき、行こうかな、どうしようかなと、空中で何度もウロウロしている。

そうやって何日もかけて様子をうかがったのち、ついに勇気を出したのか、ある日ケダマは、怖がっていたキッチンカウンターの上を、すいっと飛んだ。恐怖心を克服した瞬間である。

「チー！」

勇ましい勝どきの声。以来、部屋を反時計回りに飛んで、キッチン、リビング、キッチン、リビングと、何度も行ったり来たりするのが、ケダマのお気に入りになった。そのときの、楽しそうな様子。まるで、子供がはしゃいで「わーい！」と言うように、「チー！」と歓声をあげながら周回するのだ。

夜は鳥たちの習性に合わせて、ケージを、遮光性の布で覆って暗くすることにしている。するると、ときどき布の奥から、

「チー……」

「ぐじゅぐじゅ……」

などと、二羽の鳥たちの声が聞こえてくる。普段のさえずりより不明瞭なそれは、どうやら寝言らしい。一体どんな夢を見ているんだろう。鳥たちも寝言を言うなんて、アビやケダマと出会わなければ、きっと一生知らずに過ごしていただろう。

鳥の寿命が長い、という話をすると、大抵の人は意外だと驚く。

オカメインコの平均寿命は、十八年。スズメでも「人が飼育すると十年は生きます」と、動物病院の先生に言われている。どうやら鳥と暮らしたことがない人には、小鳥というのは弱く儚く、すぐに死んでしまう印象があるらしい。実際の鳥たちは、びっくりするほど繊細な一面と、意外なまでの大胆さを合わせ持っている。アビとケダマをはじめて会わせたときも、そうだった。

最初私は、アビの反応が心配だった。なにしろ、ペットショップから我が家に来て十年

以上、自分以外の鳥と接触したことがなかったのだ。怒り出したらどうしよう、もしくはおびえてしまったら。私は恐るおそる、アビのケージのとなりに、ケダマのケージを置いた。

けれど実際には、アビはいたって平常心だった。ケダマが、

「ちゅん！」

と一声、スズメらしい鳴き声をあげると、アビは驚いたときいつもそうするように、頭のてっぺんの羽をぴくんと立てた。けれど、それだけだった。すぐに、

「ま、そんなこともあるか」

という感じで、のんびり毛づくろいをはじめたのだ。鳥が毛づくろいするのは、リラックスしている証拠だ。

それならと、ケダマの体力が回復し、お腹の虫もいなくなったところで、私は二羽を同時に、部屋に放してみることにした。

そっとケージを開けると、二羽はまったく躊躇なく出てきて、それぞれ部屋の中を旋回した。そして、威嚇することもおびえることも、かといって積極的に近づくこともせず、まるで最初からそうだったように、お互いマイペースにくつろぎはじめたのだ。こちらの予想を上回る、驚きの対応力。

一度だけ、部屋に放したとき、アビがケダマのケージに入っていったことがあった。きっと、気になってはいたのだろう。

「なるほど、おとなりさんはこうなってるのかー」

と、お宅訪問といった様子ですみずみまで観察すると、納得したような顔で出てきた。そして、それでおしまいだった。アビが、得意のオリジナルソングを歌えば、つられるようにケダマも鳴きだし、二羽で一緒にさえずる。私の肩に、並んでとまることもある。結局一度も衝突することなく、二羽は穏やかに、お互いを受け入れたようだった。

そういうたくましさを知っている私でも、さすがに、結婚を機に猫たちと一緒に暮らすことになったときは、悩んだ。オカメインコとスズメなら鳥同士、「仲間」と呼べなくもないけれど、猫というのは明らかに「天敵」だ。なにかが起こってしまっては、取り返しがつかない。

アビとケダマのケージは、それぞれアクリルのケースで覆った。ケージの両側には、天井まである高いパーテーションを立てて、猫が飛びついたり、上に乗ったりできないようにした。そしてためしに、一番おとなしいアルクを抱いて、鳥たちがいるリビングに入ってみた。

アルクは、二羽を見つけたとたん、

「なに、このいきもの！」

と言うように、しっぽをぴーんと立てた。私と彼は二人態勢で、アルクが飛びつかないよう抱きしめたまま、ゆっくりケージに近づいた。どうか、鳥たちがパニックを起こしませんように。

ところが。アビとケダマは、拍子抜けするくらいに、いつも通りだった。アルクを見ても「ふーん」という様子で、アビはフードをついばみ、ケダマにいたっては、お気に入りのブランコをこいでいる。パニックになるわけでも、おびえて逃げるわけでもない。

抱いていたアルクを、今度は床に降ろしてみた。アルクの方は興味津々で、目をまんまるに見開き、近づくと、後ろ足で立ってアクリルに前足をつき、アビのケージを覗きこんだ。アクリルがあるので絶対にふれることはできないとはいえ、これはさすがに怖がるだろう。私が腰を浮かせたとき、なんとアビは、自分からアルクに近づき、ケージにしがみついて、ぴょ、ぴょ、と鳴きはじめたのである。

なんだろう、この大胆さ。アクリルの中は安全だと、ちゃんと理解しているんだろうか。それともはじめて見る生き物だから、天敵だと気づいていないのか。鳥という生き物はとても賢い一面があるけれど、私の予想以上に、いろいろなことを分かっているというのか。

その後、ほかの猫たちを部屋に入れても、二羽の反応は同じだった。猫たちの方も、ときどき覗きこんだりはするものの、触れないと興味もわかないのか、特にいたずらする様子もない。一日一度の放鳥タイムには、さすがに猫たちは別の部屋で待機してもらうけれど、それ以外は基本的に、同じ空間で一緒に暮らしている。

けれどもちろん、鳥の繊細さや弱さを忘れたわけじゃない。

ケダマと暮らすようになって身についた、ちょっとした能力がある。外を歩くとき、やたらとスズメたちの姿が目に入るようになったのだ。なにかを懸命についばむ姿、羽を膨らませて暖を取る姿や、水浴びをする姿。ケダマは、成鳥になってもせいぜい蝉くらいの大きさしかないけれど、野生のスズメはものすごく胸板が厚く、過酷な環境で生き延びてきた、たくましさを感じさせる。

でもそれと同時に私は、死にゆくスズメに気づく機会も増えてしまった。道のすみでこと切れている雛、命が消える寸前に見つけてしまったスズメも、一羽や二羽ではない。

大雨の日や寒い季節は、どこかで震えているのだろう小さな命が頭をよぎる。私にできることは、なにもない。ただ、手の届くところにいる四匹と二羽を大事にしようと、そういうときに改めて思うのだ。

ちょびのゴロゴロ

ちょびが、ゴロゴロいわない。

あるとき私は、そのことに気づいてしまった。なでても、お気に入りのフードをあげても、声をかけても、いつも同じ顔のまま、うんともすんともいわないのだ。夫に話すと、

「確かに子猫のころから、聞いたことないいね」

と言う。その日から「ちょび、ゴロゴロいわない問題」は、私の中で重要な懸案事項となった。

猫は、リラックスしているときや幸せを感じているとき、喉の奥をゴロゴロと鳴らす。これは、人間でいえば「スマイル」のようなもので、自分が満ち足りているということを、相手に伝える役割があるらしい。はじめてその音を聞いたときは「これが噂に聞く、猫のゴロゴロってやつか!」と驚いた。

ほかではまったく似た音が思いつかない、体の内側で鳴っているような、「音」とも「響き」ともとれるゴロゴロ。実はコミュニケーションの一種で、猫は誰もいないところ

ではゴロゴロいわない、相手がいるから鳴らすのだと知ったときは、えっ、じゃあ今私に対してスマイルしてるの、と胸が熱くなった。顔はいたってポーカーフェイスなのに、実は今、微笑んでくれてるのか、と。

我が家のちょび以外の猫たちは、毎日のようにゴロゴロを聞かせてくれる。例えばシマは、パソコンに向かっているとやってきて、キーボードに置いた私の両腕に体を横たえ、ゴロゴロいいはじめる。

腕はずっしり重くなり、マウスを動かすたびに筋トレのような圧がかかるけれど、シマはここがいたくお気に入りで、私の鼻に自分の鼻を、何度もちゅっ、ちゅっ、とくっつけて、うっとりした顔でくつろいでいる。瞳を潤ませ、子猫のようなあどけない表情を浮かべるシマを見ていると、手がしびれるのも、モニターが見えづらいのも、まあいいかと思えてくる。そのうちシマは、姿勢をあれこれ変えはじめ、足でキーボードを押してしまい机から降ろされるところまでが、お決まりの一連だ。

気づくといつのまにかとなりにいて、前足でちょっとだけ私を触りながらゴロゴロ喉を鳴らすのは、アルクだ。うたたねしているとき、ソファーでテレビを見ているとき、ふと見ると、アルクの白い前足が、私にちょこーっと触れている。どういうわけか、ちょっとだけ触っていたいらしいのだ。

「なにか御用ですか」

などと声をかけながら顔を近づけると、アルクは目を細めて、嬉しそうにゴロゴロいいだす。私だけじゃなく、夫やほかの猫のことも、アルクは大抵、ちょっとだけ触っている。そういうとき耳を近づけたら、やっぱりゴロゴロいっているのだろうと思う。

眠いときにゴロゴロいうのは、おもちだ。四匹の中で一番若いおもちは、とにかく活発で好奇心旺盛、ちょっと動くものを見ただけで、すぐにスイッチがオンになり、目を輝かせて飛びつこうとする。そういうときに近づこうものなら、あたしいまそれどころじゃないから、と言いたげに体をよじって、すぐに腕の中からいなくなってしまう。

その代わりおもちは眠くなったとたん、電池が切れたように大人しくなる。声をかけても、肉球をぷにぷに押しても、体から力を抜いて、されるがまま。その瞬間を狙ってなでると、ゴロゴロ喉を鳴らしながら、気持ちよさそうに目を閉じる。そして大抵、そのまま眠ってしまう。

それじゃあ、ちょびは？　思えばちょびだけは、机に飛び乗ることもなければ、前足で私を触ることも、眠いときにされるがままになることも、ない。それだけじゃなく、すりよってくることも、後ろ足で立ち上がって「ねえねえ」と私に話しかけることも、とにかく、ほかの猫が甘えてするありとあらゆることを、一切してこないのだ。

ネットを検索してみた。「猫　ゴロゴロ　いわない」と入れると、同じような悩みを抱える人たちがいるのだろう、すぐにたくさんのページがヒットした。そこには「ゴロゴロには個体差があり、一生鳴らさない子もいます。自立した性格の子は、鳴らさない傾向があります。それも個性と捉えましょう」と書かれている。

うーん、と思わず唸る。確かに、そういう子もいるんだろう。ちょびは「自立した、喉を鳴らさないのが個性の猫」なのかもしれない。でも、万が一そうじゃなかったら？　本当はゴロゴロいう猫なのに、スマイルしたくなる瞬間がないばかりに、ずっと無言なんだとしたら？　そこはどうやって判断したらいいいんだろう。

ソファーでくつろいでいるところを、ちょび、と呼んでみる。ちょびは顔を上げて、なあに、と言いたげに私を見た。そっと近づいて、今度は抱き上げてみる。すると、明らかに緊張した様子で目を見開き、体をこわばらせるのだ。四本の足を思いきり突っ張り、逃げるように腕の中からいなくなってしまった。

猫にも、だっこが好きな子と、そうじゃない子がいるのは知っている。我が家も、アルクとおもちはだっこが好き、シマはいまいちというふうに、好みは分かれている。でもちょびの場合、好みうんぬんとはちがう雰囲気をかもし出しているような気がするのだ。圧倒的に足りない、リラックス感。嫌いというより「警戒」に近い雰囲気。一体どうしてなんだろう。

考えこむ私のところにアルクがやってきて、あそぼあそぼと、甘えて額をこすりつける。その様子を、ちょびは離れたところに座り、じーっと見つめている。ねえちょび、あなたは単にゴロゴロいわないのが個性の、だっこが嫌いな猫なの？　それとももしや私のこと、あんまり信頼してないの？

その夜、私はためしに、ちょびと一緒に寝てみることにした。ほかの猫たちを別の部屋に入れ、寝室にいるのはちょびだけ、という状況を作ることにしたのだ。

いつもなら、我が家は就寝時、アルクとシマは寝室で、ちょびとおもちは、夫の仕事部屋で寝る決まりになっている。シマは寝室に入れないと、悲しげな声で鳴き続け、不満がマックスに達すると粗相をしてしまう。ちょびとおもちは、真夜中に突然テンションが上がって、寝ている私たちを踏みつけて、追いかけっこをはじめたりする。だからこういう分け方になったのだが、ちょびはかねてからそれが不満そうで、扉を引っかいたり、にゃーにゃー鳴いたりして、どうにか寝室に入ろうとしていた。そんなちょびの気持ちを尊重することで、距離を縮めようという作戦だ。

「さあ、一緒に寝よう」

寝室に一匹だけ入れると、ちょびは驚いた様子で、あたりをきょろきょろ見まわした。

え、ぼくここにいていいの？　と言いたげな顔。日中はいつもこのベッドの上で昼寝しているくせに、毎晩あんなに寝室に入りたいと主張するのに、明らかに動揺している。

安心させたくて、私はなるべく優しい声で、いいんだよここにいて、と声をかけた。それでもちょびは、近づいてこない。だっこしてベッドの上に乗せても、落ち着かないのか、すぐに降りて距離を取ろうとする。結局、私がいるベッドではなく、離れたところにある椅子で、くるんと丸まった。

四匹も猫がいると、一匹いっぴきとの関係は見えづらいことがある。だけどまさか、ここまで近づきたがらないなんて思わなかった。電気を消した寝室で、ちょびの気配を遠くに感じながら、今までのことを一つひとつふり返った。

保護されたばかりのころ、ネズミみたいに小さかったちょび。思えば最初の半年間は、生死の境をさまよったり、アレルギーを起こしたりと、入退院ばかり繰り返していた。赤ちゃんだったちょびにとって、それはどれだけ怖いことだっただろう。

その後も、後ろ足を骨折して不自由な思いをし、やっと元気になったころ、今度は我が家におもちがやってきて、末っ子の地位を奪われてしまった。もしかしてちょびにとって私は、嫌なことばかりする、充分甘えた記憶もない、油断ならない存在なんだろうか。

いつのまにか眠ってしまって、夜中、ふと目が覚めた。ちょびが寝ていた椅子を見ると、姿はなく、いつ移動したのか、ベッドの足元側で遠慮がちにちんまり丸くなっていた。そっと近づいて、となりに横になってみた。ちょびは、顔を上げて私を見たけれど、逃げることなくまた丸くなった。ふかふかの背中に、ほんの少しだけ頬をくっつけてみる。手ざわりのいい、柔らかな短い毛が密度高く生えている、ちょびの背中。触れているところだけが、ほんのり温かい。私たちはそのまま、朝までくっついて眠った。

「仲良くなるには、おやつでも、フードでも、手から直接あげるのが一番だよ」

あれこれ考え続ける私を見て、夫は、こうアドバイスをくれた。子猫時代のシマにも使ったこの方法が、とても効果があると言う。猫は、お皿にフードを入れて食べさせても、お皿を介している分「このひとがくれた」という意識がいまいち薄い。その点、手から直接あげると、「ごはんをくれるいいひと」と、強く心に刻むらしい。

「ちょび、おいで。おやつあげる」

さっそく私は、ちょびにだけ聞こえる声で呼びかけた。仲良くなるためには一対一になりたいけれど、猫はとても耳がいいので、大きな声を出したらすぐに、ほかの子に気づかれてしまう。だからタイミングを見計らって、ちょびが一匹でいるところに、そっと小声で話しかけたのだ。

なあに？　とこちらを見たちょびに、大好きなおやつ、チキンペーストの小袋をちらりと見せてみる。案の定ちょびは、嬉しそうに目を見開いた。それから、テンションが一気に上がったのだろう、それはそれは大きな喜びの声をあげた。

「なあああー！」

その声を聞きつけ、ほかの猫たちが一斉に押しかけて、おやつは結局、みんなで分けることになった。もみくちゃになりながら、ちょびも夢中でペーストを舐めている。

それからというもの、どんなにこっそり声をかけても、ちょびは嬉しさあまって必ず「なあああー！」と鳴いてしまい、毎日その声を合図にみんなが集まるというのが、お決まりの光景になった。

でも、一対一にならなくても、ちゃんと変化は現れた。手からおやつをあげるようになって、数週間。なんとちょびは、私の膝の上でペーストを舐めてくれるようになった。そっと抱きしめてみる。逃げない。おいしいものに夢中なだけかも知れないけれど、膝から伝わってくるちょびの重さと温かさ、それから少しの信頼が、嬉しい。

相変わらず、ゴロゴロはいわない。でも「なあああー！」という元気いっぱいの雄たけびを、私はちょびなりのスマイルだと思っている。

執事の献身

我が家には「虫牧場」と名付けた小箱がある。

……という話をすると、大抵怪訝な顔をされる。そりゃそうだと思う。そもそも「虫牧場」なんて言葉はきっとこの世に存在しない。でも本当に、そうとしか呼びようがないものが、我が家にはある。夫が、ケダマのおやつ用ミルワームを飼育する、専用のプラスチックケース。毎日手をかけ、心くばりするその姿を見ていると、「牧場」と呼ぶしかないような気持ちになってくるのだ。そしてその「牧場」は、我が家の動物たちに執事のように仕える夫の、献身の象徴でもあると、私は思っている。

「牧場」を作ることになったきっかけは、ケダマの体調不良だった。ケダマは、平均的なスズメと比べると、かなり体が小さい。そのせいか、ちょっとした気温の変化や環境の変化――例えばケージが新しくなって緊張した、くらいのことでも具合が悪くなってしまう。どうしたら今より体力がつくんだろう。話し合っていたある日、夫はふとこう言った。ケダマは、どんなに食欲がないときでもミルワームだけは食べる。栄養満点のミルワームを作ることができたら、ケダマが弱ってしまったとき、助けになるかもしれない。

そしてそこから、試行錯誤がはじまった。普通ミルワームは、おがくずの中に入れて、冷蔵庫の野菜室で保存する。こうするとミルワームたちは、低温のため仮死状態になり、脱皮もほとんどしなくなるので手がかからない。その代わり、活きがいいとはとても言えないし、冷たいからか、ケダマが下痢をしてしまうこともある。夫はあれこれ調べ、ある日こう宣言した。

「今後、我が家のミルワームは、野菜室に入れずに、常温で飼育します」

おがくずの代わりに、乾燥させた小松菜と、カルシウムの粉末を混ぜて寝床にする。夫曰く、ミルワームはリンが多く、食べすぎるとカルシウム不足になることもあるので、この寝床でそれを補いつつ、週に一度は本物の小松菜を食べさせるのだそうだ。

こうして「虫牧場」は作られた。夫は毎朝、丹念に牧場をかき混ぜ、ゴミや死骸を残らず取り除く。それから、まるで生みたての卵を回収するように、その日の朝脱皮したばかりの、まだ白く柔らかいミルワームを数匹選んで、ケダマに差し出す。二秒で平らげるところを見ると、ケダマにとってはよっぽどおいしいおやつらしい。そして確かに、夫特製のミルワームを食べるようになってから、命が心配になるほど体力が落ちることは、なくなったように思う。

夫は、もうミルワームを気持ち悪いなどと思わないと言う。毎朝、ありがとうごめんねと、心の中で祈りをささげてからケダマにあげていると、大真面目に語る。そして、ネットで注文した新しいミルワームが届くたび、

「こっちが、届いたばかりのミルワームで、こっちが、我が家で飼育したやつ。ツヤもハリも全然ちがう。うちのが断然おいしそうだよね」

と、誇らしげに目を輝かす。その姿を見ると、未だにミルワームが得意ではない自分が恥ずかしくなり、ここまで献身的になれる夫に感心する。そして驚きなのは、夫のこういう性質を、我が家の四匹の猫たちが、どうやらちゃんと感じ取り、見抜いているらしいことなのだ。

それが顕著に表れるのが、朝ごはんのときだ。猫たちは、早朝五時か六時ごろになると、まだ寝ている私たちに「おきてー、ごはんー」とアピールする。毎晩、寝る前にしっかりフードをあげているけれど、朝までにお腹がすいてしまうらしい。

中でも一番熱心なのは、食いしん坊のアルクだ。ある朝、頬にしっとりとした感覚があって目を開けたら、アルクが真剣なまなざしでこちらを覗きこみ、肉球を器用に使って、ぺち、ぺち、と私の頬を叩いていた。肉球は温かく柔らかく、まるで子供の手のひらのような質感がある。吹き出しそうになりながらも無視して寝ていると、わざとなのか偶然な

のか、今度は私の口に前足を突っこむという、とんでもない暴挙に出た。

「もー、やめなさーい！」

こういうとき、私は絶対に起きない。もともと眠りが深いということもあるけれど、ここで根負けしてしまったら、きっとずっと同じことが繰り返されるから、アピールは通じないって学んでほしい、という思いもある。

と、あるとき、猫たちが最近この早朝攻撃をしなくなったと気づいた。よかった、とうとう思いが伝わって起こされなくなったんだ。嬉しくなって、夫に話した。すると心底驚いた顔をして、

「気づいてなかったの」

と言う。なんと、猫たちは私へのアピールは無駄だと判断し、夫だけを起こす方法に切り替えたというのだ。

そんな、まさか。私は、ためしに朝早く起きてみた。そっと目を開けるとまず飛び込んできたのは、シマとアルク、二匹のしっぽだった。どちらも、私などまったく眼中にないといった様子で完全におしりを向け、二匹がかりで懸命に、となりで眠る夫の顔を叩いたり、鼻先をくっつけたりとアピールしている。ほどなくして、夫はむくりと起き上がり、猫たちは「ニャー」と歓喜の声をあげた。生き生きとした表情。私には一瞥もくれずフー

ド台まで小走りする後ろ姿を、ただぽかんと見送った。

ちなみに夫は、繁忙期には仕事場で徹夜し、朝になっても帰らないことがある。そういうとき、猫たちは私を起こそうとしない。目覚まし時計が鳴るまで、ベッドの上で丸まって、大人しくしている。待とうと思えば、ちゃんと待てるのだ。

こんなこともあった。おもちはとにかく人懐っこい猫で、我が家にやってきてすぐに、私たちの膝の上で眠った。当時は今より小さく細く、野良猫だったときはきっと怖い思いもしただろうに、無防備に体を預けて、ゴロゴロと喉を鳴らしながら眠る姿が、なんともかわいかった。

そのうちおもちは成長し、膝の上で眠るということはなくなった。一匹で、ベッドや猫用ハンモックの中、窓際などに横たわり、くつろいでいる。

ちょっと寂しいけど、きっと大人になったんだ。そう思っていた私は、あるとき夫の話を聞いて、愕然とした。なんとおもちは今でも、夫の胸の上で眠るというのだ。しかも、自分からよいしょよいしょと登ってきて、ゴロゴロ喉を鳴らすらしい。

ショックを受ける私に、夫は写真を見せてくれた。そこには、仰向けになった夫の上で気持ちよさそうに香箱《こうばこ》を組む、おもちの姿があった。つまりおもちは、大人になったのではなく、一緒に暮らす中で、なにかをきっかけに私を「うえにのりたくないひと」、夫を

「うえにのりたいひと」と、カテゴライズしたらしい。

「おもちちゃん、ちょっとおいで」

事実が受け入れられない私は、文字通り猫なで声で話しかけ、夫と同じように、おもちを胸の上に乗せてみた。気に入ってもらえるよう、かわいいねー、いいこだねー、などと言いながら、耳の後ろや喉のまわりを、優しくなでさする。

おもちは、ほんの一、二分のあいだ目を細めて、されるがままになっていた。けれどすぐに立ち上がり、もういいでしょと言わんばかりに身をよじって、すたすたとどこかへ行ってしまった。どうして。同じようにお世話をし、同じように暮らしているのに、夫など「おもちは一度上に乗ると、ずっと動いてくれなくて」と言っていたくらいなのに、一体この違いはなんなんだ。

シマのおしっこもそうだ。我が家の猫で唯一、粗相の常習犯であるシマは、今までに三度、明らかに意図してやらかしたことがある。三度とも、シチュエーションはまったく同じ。お風呂あがりの夫がパジャマに着替え、椅子に座ったところで、背もたれに素早く登り、上からシャワーのようにかけるのだ。間違いなく、狙いを定めてやっている。

私も、夫とまったく同じ椅子を使っているけれど、私にはそんな素振りすら見せない。ちなみに三度ですんでいるのは、夫がシマのおしっこ攻撃の前兆を察知し、椅子にかけ登る前に阻止できるようになったからで、しようとする素振りは今でもときどきあるのだそうだ。

「どうしてこんなことするんだろう」

私が思わずこぼすと、夫は、

「シマは、甘えてるんだよ」

と言う。粗相をするのは決まって、イライラや寂しさ、怒りといった自分の気持ちを主張したいとき。つまりそれは、甘えてくれているのと同じだと思う、と。その、まんざらでもなさそうな顔を見て、私はふと、大学時代にお世話になった、教授のことを思い出した。

その人は学生たちに「仏」と呼ばれていた。常に穏やかで、テストの余白に「一生懸命頑張りました」と一筆書くと緩めに採点してくれるという、都市伝説のような噂さえあった。決して真面目な学生とはいえなかった私は、「詳しい教授だと、細部まで指摘されそうだから」という理由で、源氏物語が専門だったその人に、宮沢賢治をテーマにした卒業論文を提出するという無茶をした。

教授はちょっと困った顔をしながらも、私を一言も咎《とが》めず、卒業論文もちゃんと受け取って、評価をつけてくれた。その上で、「源氏物語のどういうところが魅力的か」という話を、わざわざ時間を作って、一対一で聞かせてくれた。

「僕の授業を取ったということは、最初はあなたも、源氏物語に興味があったんだと思うんです」

その言葉に、評価が甘いと聞いたので選びましたとは言えず、私は椅子の上で小さくなった。あれから何年も経つのに、今でもときどき、放課後の準備室で、教授と話したことを思い出す。夫は猫たちにとって、あの人のような存在なのかもしれない。甘えだと分かった上で許してくれるひと。こちらのふるまいを、寛大に受け止めてくれるひと。

今日も夫は、早朝猫たちに叩き起こされ、寝癖がついたままの頭で、熱心に虫牧場をかき交ぜている。いつしかケダマは私と同じくらい夫に馴れ、部屋を飛び回ったあと夫が手のひらでふわりと包み込むと、体を小さく丸めて、安心しきった顔でケージに戻るようになった。

もしかして、私が気づいていないだけで、この子たちが私にだけ見せてくれる一面も、どこかにあったりするんだろうか。願わくば、どんな些細なものでもいい、なにかあってほしい。「どの子もかわいいよね」と目を細める夫のとなりで、そんなことをちらりと思った。

入りたがり

仕事のあいま、猫たちの様子を見に、家に戻ることがある。

我が家では、猫たちだけで何時間も留守番させることは避けていて、毎朝夫と二人、お互いの予定を聞いては「じゃあこの時間にいったん帰る」とか、「今日は夜まで戻れないから、猫たちをよろしく」などと、約束し合うことにしている。

私の仕事は、遅刻は決して許されないので、ときには大慌てで帰宅して、猫たちに食べさせ、遊び、またバタバタと家を出なくちゃいけないこともある。でも実際は、それがちっともうまくいかない。なぜなら、四匹の猫たちが代わるがわる、私が開ける扉の奥、棚の中、ときには引き出しにまで入りこむからだ。

猫と暮らすようになって驚いたのは、猫がやたらと「入りたがる」生き物であるということだ。おいしいおやつを食べたがるのは、分かる。オモチャで遊びたがるのも、共感できる。でも、それと同じくらいのテンションで「入りたがる」のは、私からすると理由が分からない。

例えば、扉つきの収納棚。ちょっとしたものを取り出そうと扉を開けると、待ってましたとばかりにやってくる。猫は足音を立てないので、気づくと扉のすきまにわらわらと、野次馬のように集まっているのだ。猫が喜びそうなものなどなにも入っていない、文房具や書類が並んでいるだけの、細い棚なのに。後ろ足で立ち上がる子、好奇心に瞳を輝かせる子、すきあらばと前足をかける子。

「下がって下さーい、ここは立ち入り禁止でーす」

私も体を使ってガードするけれど、なにせ一対四。誰かを閉め出しているあいだに、別の誰かがするりと入りこんでしまう。しかも猫たちはまったく臆せず、なにかに呼ばれているかのように、狭いすきまもずんずん進んでいくのだ。

はじめてその様子を見たときは、あまりに躊躇がないので、よっぽど事情があるんだろう、もしかしたらおやつのカケラでも落ちているのかもと、しばらく様子を見守った。そんな私の前で彼らは、何度か姿勢を変え、ついに動かなくなった。まさか挟まっちゃったの、と慌てて覗きこむと、なんのことはない、その狭い空間で目を閉じ、昼寝をしようとしているのだった。

一体どうして、決して快適とは言えないようなすきまや、とっくに見知っているはずの場所に、入ろうとするんだろう。過去には、あまりに音もなく入りこむものだから、気がつかずに、そのまま扉を閉めてしまったこともある。そのときは、滅多に大きな声を出さないアルクが、なあー、なあーと鳴きながら棚の扉を引っかくので、なんだろうと開けてみたら、中からシマが、ぴゅうっと飛び出してきて驚いた。

「うわあ、ごめん、ごめんねシマ」

慌てて追いかけて謝ると、シマも不安だったのだろう、落ち着きを取り戻そうと必死に毛づくろいしながら、「ひどいよー」と言いたげに、みゃあー、と鳴いた。身体能力の高さについ忘れそうになるけれど、閉じこめてしまったら最後、猫は自力で脱出などできない。だったら入らなきゃいいのに、という理屈も通用しない。以来我が家では、四匹がそれぞれどこにいるか、指さし確認してから外出すること、という決まりができた。

猫たちは、箱に対する「入りたい欲」も強い。例えばネットショップで買い物をすると、大抵のものは段ボールに梱包されて届く。私が宅配のお兄さんからなにを受け取ったか、猫たちが見ているはずはないのに、気づけばそばにちんまり座り込み、段ボールが開くのを待っている。別に面白い形でもなんでもない、ただの四角い箱なのに、である。

特におもちは箱が大好きで、目の前に空箱を置くと、生き生きと目を輝かせ、すぐにぴょこんと飛びこむ。そして、においをかぎながら、まずは四隅を確認する。そのあと、ちょっと爪を立ててみたり、頬やら額やらをこすりつけたりして、最後はくるんと丸まり目を閉じる。自分の体より小さい箱だったとしても果敢に挑み、ああでもないこうでもないと体勢を変えながら、どうにか限られた空間に収まろうと、試行錯誤を繰り返す。

一度など、「よくそんな小さいとこに入れたねえ」と声をかけ見ると、おもちの体が大きすぎて、箱が菱形に歪んでいたこともあった。そうまでしても入りたがるのだ。

そんなある日、私はいいものを見つけた。段ボール製のキャットタワーだ。キャットタワーというのはご存じ、部屋の中に設置する、大型の猫用遊具のこと。それが、なんとすべて段ボールでできているのだ。私の胸のあたりまで高さがある、長方形の箱を四つ組み合わせると、最終的に、カタカナの『ロ』のような形のキャットタワーになる。その『ロ』は、いかにも猫が喜びそうな小さな窓や、出入り口用の穴が開けられる仕様になっていて、中でくつろいだり、遊んだりできるのだ。なんて猫の好みに合致したタワー！

ワクワクしながら、迷わず購入した。

届いたパーツを組み立てていると、あっ箱だ、と思ったのだろう、猫たちはそわそわと行ったり来たりし、出来上がる前から中に入ろうとする。そして完成するや、しっぽをピンと立て、目をまんまるに輝かせて遊びはじめた。箱に足をかけて登ったり、穴からひょっこり顔を出したり、まるでアスレチックではしゃぐ子供のようだ。予想通り、このキャットタワーはあっというまに、みんなのお気に入りの場所になった。

けれど、それで箱や扉に対する好奇心が満たされたかというと、そんなことはない。入り放題・遊び放題の段ボール製キャットタワーがあっても、猫たちは相変わらず、箱や扉を前にすると「さあ、はいらせて」と待機するのだ。

そういう猫たちなので、先日、引っ越しをしたときはたいへんだった。

そもそも「猫は家につく」という言葉があるくらい、猫にとって、慣れ親しんだ環境が変わるというのは、ストレスがかかるらしい。幸いにも、引っ越し先は徒歩で二分ほどの距離だったので、私と夫は数週間かけて、運べる荷物は少しずつ新居に移し、猫たちにとってまったく知らない場所にならないよう、できる限り部屋を整えた。

そして、引っ越し業者の人たちが来る前に、キャリーケースで一匹ずつ、新居まで連れていった。最初は、誰よりメンタルがたくましいおもち、その後は、おもちがいさえすればとりあえず安心するちょび、続いてみんなと仲がいいアルク、最後は繊細なシマ。

配慮したつもりでも、やっぱり猫たちは動揺した。はじめての部屋、知らないにおい、荷物を運びこむ大きな音、引っ越し業者の人たちの足音。一番奥の小さな部屋を猫の待機ルームと決めて、私と夫は、一方が片づけているときは一方がそこで猫と過ごすというローテーションにし、

「だいじょうぶだよ、怖くないよ」

などと声をかけ続けた。やがて、荷物の運びこみが終わり、業者の人たちが帰ると、それまで様子をうかがっていた猫たちが、そわそわしはじめた。怖がっているのかといえば、どうもそうではないらしい。引っ越ししたての新居は、数えきれないくらいの段ボールと、未知の扉と、引き出しで構成されている。動揺が落ち着いた猫たちは、どうやらそれを見たいようなのだった。

ためしに待機ルームの扉を開放してみると、四匹は、さっそく新居を探索しはじめた。先頭を切って、大胆に探検するおもち。ピンク色の鼻をひくひくさせながら、慎重に歩き回るちょび。半分腰が抜けたような足取りで、それでもあちこち見て回りたいアルク。基本的に私たちのそばにいて、少しずつ行動範囲を広げるシマ。

新しい部屋を見て、段ボールを覗きこみ、ベッドの下に入りこみ、私たちが片づけをしているあいだ中、猫たちもひたすら「入りたい欲」を満たし続けた。気づくと、四匹の中でも一番箱が好きなおもちの様子が、おかしい。抱き上げてみると、興奮した顔で、はあはあと口で息をしている。休みなく出たり入ったりしたおもちは、走り回ったわけでもないのに、なんと息切れしているのだった。

もしかして猫というのは、私たちとはまったく違う認識で、扉のむこうや、箱の中を捉えているのかもしれない。引っ越しをきっかけに、そう思うようになった。

今まで住んでいた家は、玄関の扉のむこうはすぐ外だったので、飛び出し防止の柵を取り付けて、猫たちが近寄れないようにしていた。今度のマンションは、扉のむこうは内廊下になっている。新しい柵が届くまでのあいだ、生まれてはじめて玄関というものに触れて不思議だったのだろう、ちょびが、にゃあー、にゃあーと私を呼びつけるようになった。

「このとびらをあけて、むこうをみせて」

と言うのだ。そのたびに私はちょびを抱いたまま、少しのあいだだけ、内廊下に出る。するとちょびは、私にぎゅっとしがみつき、腕の中で、廊下をすみずみまで観察する。好奇心いっぱいに瞳をきゅるんと光らせ、ちょっとしたことも見逃すまいと、首をうんと伸ばして。

猫というのは、扉が開くたびに、むこうには新しいものが待っていると考える生き物なのかも知れない、と私は思う。

玄関の扉でも、見知った棚でも、はたまた段ボールの蓋でも、それが開くとき、中にあるのは以前見たものなんかじゃなく、未知のなにかが待っている可能性がある、だから今すぐ入ってそれを確認したい。そんなふうに世界を、空間を、時間を、捉えているんじゃないだろうか。

猫たちは何度同じ扉を開けても、「もうわかった」とはならない。いつだって驚くほど熱心に、はじめて見るもののように、あたりを見回す。ずっと家の中に暮らしているのに、その瞳は、いつもどこかに未知を感じている。子供のころ、自分の家の押入れが異空間に通じているかもと、空想して中に入りこんだ、あのワクワク感に似たなにかを、きっとずっと抱き続けているのだと思う。毎日毎日、扉が開くたびに。

だとしてもやっぱり、急いでいるときに入りこむのは、ご遠慮願えると嬉しいけれど。

猫と眠る

猫という生き物は、本当によく眠る。
日向ぼっこしながら。ごはんを食べてお腹がいっぱいになったら。窓から外を眺めつつ。猫たちはそれぞれお気に入りの場所で、思い思いの格好で目を閉じる。そしてそのまま、とろとろとまどろみはじめる。

まだ猫のことをなにも知らなかったころ、当時友人の一人だった夫と暮らすひよりを見て、あまりによく眠るものだから、もしや具合が悪いんじゃと不安になった。そのときの私は、オカメインコのアビと二人暮らしで、生き物がこんなに長く眠る姿など、見たことがなかったのだ。

私が近づいてもだるそうに目を開けるだけだし、体からくったり力が抜けているし、体調がよくないんじゃありませんか？　そう聞いた私に夫は笑いながら、猫は毎日平均十四、五時間は眠ること、ほとんどはいわゆる「レム睡眠」で、まどろんでいる状態であること、つまりこれが猫にとっての普通なのだと教えてくれた。

我が家の猫も、それぞれ毎日気持ちよさそうに、それはそれはよく眠っている。中でも、もっとも油断しきった姿を見せるのは、四匹の中で一番野良猫期間が長かった、おもちだ。なんとおもちは、よりにもよって部屋の床のど真ん中で、お腹を天井に向け、後ろ足をパカッと開いて寝るのだ。お腹まるだし、お股全開、人間でいうところの仰向けの姿勢。見事に開いた両足のちょうど中央には、真っ白いしっぽが見えて、

「ちょっと、なんて格好で寝てるの」

などと話しかけると、億劫そうに薄目を開け、まるで車のワイパーのように、短いしっぽを左右に振って返事をする。なんという横着ぶりだろう。

私が、「はい、ストレッチー」と声をかけながら、バンザイするときのように前足を上にのばすと、おもちはされるがままに、体をぷるぷる震わせながらのびをして、今度はその、のびた姿勢で寝てしまう。アルクも、シマも、ちょびも、さすがにそこまで無防備な姿は見せない。本当に、かつて野良猫だったとは思えないくらいのリラックスぶりなのだ。そういうとき私は、呆れて笑いながら、会ったこともないおもちのお母さんを思う。

仮預かりという形で我が家にやってきて、二週間後。飼い主が現れなかったおもちは、正式に私が引き取ることになった。その手続きのために警察署に行ったとき、係の人が、交番に保護されるまでの経緯を聞かせてくれた。おもちは、道で出会った見知らぬ女の人

に、ついていってしまったらしい。その人は、しばらく一緒に遊んではみたものの、一向に立ち去る気配のないおもちに、とうとう困ってしまった。そこで、ちょうど巡回で通りかかった女性警官を見つけ、事の経緯を伝えて、おもちを託したのだった。

私が交番でおもちに出会ったのは五月で、動物病院の先生の診断では、そのとき推定生後二ヶ月。つまりおもちは、まだ気温が低い三月ごろ生まれて、一番デリケートな赤ちゃんの時期を、過酷な外の世界で過ごしたことになる。それなのにどうして、こんなにおおらかに、人懐っこく、警戒心よりも好奇心が強い子に育ったのだろう。

きっと母猫は懸命に、寒さや飢えや外敵や、そのほか、ありとあらゆる恐ろしいものから、おもちを守り続けたのだと思う。陰りのない天真爛漫さを見るに、もしかしたら女の人についていく直前まで、母猫と一緒に過ごし、慈しまれていたのかも知れない。保護されたとき、おもちのお腹には、ほとんどの野良猫が感染しているという寄生虫がおらず、多少痩せて汚れてはいるものの、健康そのものだった。

おもちの母親に、伝えることができたらいいのにと思う。どうか安心して下さい。あなたの娘は今、私の家で暮らしています。おおらかな性格そのままに、毎日おへそを天井に向けて寝ています。元気にしていますよ、と。

寝ているときに、むにゃむにゃとおしゃべりするのは、アルクだ。私は声優という職業柄、家でセリフの練習をすることがよくある。アニメや海外ドラマ、映画の吹き替えなどは、事前に自宅で映像を見て、予習していかなくてはならないのだ。

テレビの前で台本を開いていると、アルクはとなりに横たわり、私にちょっとだけ触りながら、まどろみはじめる。その日も、海外ドラマの映像をチェックする横で、アルクは静かに眠っていた。作品はサスペンスもので、クライマックスが近づくと、煽るように音楽が盛り上がる。私はそこで、相手を追い詰めるセリフを口にした。すると突然、となりで寝ていたアルクが、ふにゃあああ、とひと鳴きしたのだ。

「……あっくん？」

驚いて声をかけても、両前足で自分の顔をぎゅっと隠したまま、いつものように眠っている。気を取り直して、私はまた、セリフを口にした。すると、アルクはやっぱり応えるように、にゃあああ、と鳴く。セリフ、アルクの声、セリフ、アルクの声。私がセリフを発するたびに、アルクも応え続けるのだ。それも、ごはんを要求するときや、抱き上げてほしいときの「にゃー」というよどみない鳴き声ではなく、普段は聞いたことがない、か細く不明瞭な声で。

もしかしてこれ、アルクの寝言なんだろうか。そっと覗きこむと、前足のすきまから、どこか緊張したような表情が見えた。なんだかうなされているようでもある。起こしてあげた方がいいんだろうか。

「あっくん、だいじょうぶだよ。怖いことはなんにもないよ」

耳元でささやいて、とんとんと体をなでたら、アルクはやっと静かになった。けれど、どういうわけかその日を境に、セリフを練習していると、アルクは眠った状態で、むにゃむにゃと返事をするようになってしまった。しかも、いつも決まって、深刻そうな表情を浮かべるのだ。

調べてみると、猫は大きな音が苦手な生き物らしい。いかに練習とはいえ、セリフというのは、日常使う声よりもどうしてもボリュームが大きくなる。猫にとっては、あまり心地いいものではないようだ。

それなら近くに来なければよさそうなものなのに、台本を読みはじめると、アルクは高確率で、となりで寝はじめる。仕方がないので私は、アルクがセリフに寝言で返事するたびに、声のボリュームを落とし、体をそっとなでながら、だいじょうぶだよと言葉をかけることにしている。たとえ夢の中でも、私のせいでアルクが怖い思いをしたら、やっぱり嫌だなと思うからだ。でも、仮に悪夢を見ているとして、アルクにとっての悪夢って一体どんな内容なんだろう。ほんのちょっとだけ、覗いてみたいような気もする。

先日、同業者の先輩と、猫の話になった。猫と暮らしていて、どんなときが幸せかとい

郵便はがき

おそれいりますが切手をおはりください。

102-8519

〈受取人〉

東京都千代田区麴町4-2-6 9F

株式会社 **ポプラ社**

一般書編集部 行

お名前 (フリガナ)

ご住所 〒

TEL

e-mail

ご記入日 年 月 日

ご愛読ありがとうございます。

読者カード

●ご購入作品名

[　　　　　　　　　　　　　　　　　　　　]

●この本をどこでお知りになりましたか？

1. 書店（書店名　　　　　　　　　　　　）　2. 新聞広告
3. ネット広告　4. その他（　　　　　　　　　）

年齢　　歳　　性別　男・女

ご職業　1.学生（大・高・中・小・その他）　2.会社員　3.公務員
4.教員　5.会社経営　6.自営業　7.主婦　8.その他（　　）

●ご意見、ご感想などありましたら、是非お聞かせください。

……………………………………………………………………

……………………………………………………………………

……………………………………………………………………

……………………………………………………………………

……………………………………………………………………

……………………………………………………………………

……………………………………………………………………

……………………………………………………………………

●ご感想を広告等、書籍のPRに使わせていただいてもよろしいですか？

（実名で可・匿名で可・不可）

●このハガキに記載していただいたあなたの個人情報（住所・氏名・電話番号・メールアドレスなど）宛に、今後ポプラ社がご案内やアンケートのお願いをお送りさせていただいてよろしいでしょうか。なお、ご記入がない場合は「いいえ」と判断させていただきます。

（はい・いいえ）

本ハガキで取得させていただきますお客様の個人情報は、以下のガイドラインに基づいて、厳重に取り扱います。

1. お客様より収集させていただいた個人情報は、よりよい出版物、製品、サービスをつくるために編集の参考にさせていただきます。
2. お客様より収集させていただいた個人情報は、厳重に管理いたします。
3. お客様より収集させていただいた個人情報は、お客様の承諾を得た範囲を超えて使用いたしません。
4. お客様より収集させていただいた個人情報は、お客様の許可なく当社、当社関連会社以外の第三者に開示することはありません。
5. お客様から収集させていただいた情報を統計化した情報（購読者の平均年齢など）を第三者に開示することがあります。
6. はがきは、集計後速やかに断裁し、6か月を超えて保有することはありません。

●ご協力ありがとうございました。

うのだ。私が一番幸せを感じるのは、なんと言っても、猫と一緒に眠るときだ。

たとえば気の張る仕事でクタクタに疲れたとき、足に合わない靴を履いて出かけてしまったとき、ちょっと憂鬱なことがあって胸のあたりが重たいとき。家路を急ぎながら、私はほとんど無意識にこう考えている。

ああ、今すぐ猫と一緒に眠りたい！　アルクを抱き上げて温かい布団にもぐりこみたい、おもちの体をなでながらまどろみたい、シマの背中に顔をうずめたい、ちょびの小さなほっぺたに頬をくっつけて横になりたい。そう思うだけで、猫の体の温かさや、すべすべした毛の感触がリアルに蘇る。心の奥が少しだけほぐれるのだ。

はじめて猫と眠った日のことは、忘れられない。私の横にいたのは、夫が一緒に暮らしていた猫、ひよりだった。

ひよりは、決して人懐っこいタイプの猫ではなかった。賢く、慎重で、顔を見知ったくらいでは、そうそう距離をつめさせてくれない。まだ目も開かないうちに拾われたので、夫のことは親だと思っているようだったけれど、それ以外の、夫の仕事場に出入りする人たちには、特に懐くでもなく、一定の距離をとっていた。

私のことも、最初のうちは警戒しているようだった。そっと近づくと、ときどき少しだけなでさせてくれることはあったけれど、別段嬉しくもなさそうな、微妙な表情を浮かべていた記憶がある。

当時の私は、猫と触れ合った経験がほとんどなく、ひよりのすべてが新鮮だった。前足をきちんと行儀よく並べて座る姿や、音もなく歩き回るしなやかな体、横から見るとドーム型に光る、吸い込まれそうにきれいな目。私たちは、ゆっくり時間をかけてお互いを知っていった。ひよりが私の足に体をすりつけて挨拶してくれるようになったのは、出会ってどれくらい経ったころだっただろう。気づけば私にとって、ほかに代わりなどいない、大切な猫になっていた。

子猫のころ、ひよりが毎晩、夫の腕枕で寝ていたと聞いたのは、ずいぶん時間が経ってからだった。

猫が、人の腕枕で眠るなんて！

想像するだけで胸がときめく。私もそんなふうにしてみたい、けれど、はたして寝てくれるだろうか。私は、ソファーでまどろんでいるひよりをそーっとそーっと抱いて、となりに体を横たえてみた。

きっと逃げてしまうと思ったけれど、ひよりはいつもの落ち着いた態度で、私のしたいようにさせてくれた。目が合うと居心地が悪いかも知れないと思い、向き合うのではなく、背中側から、ひよりの首の下に腕を伸ばした。

私の視界からは、黒い模様に覆われた、小さな後頭部だけが見える。今、一体どんな表情をしているんだろう。息をひそめて様子をうかがっていると、やがてひよりは体の力を抜いて、私の腕に、ゆっくりと頭を預けた。

あのときの気持ちを、なんて言ったらいいだろう。ふわりとした毛の感触はあっというまに肌になじんで、体温が優しく伝わってくる。ひよりの頭がのっている腕と、背中がくっついているお腹のあたりだけが、じんわりと温かい。

一言で言うなら、ああ今私、許されている、と思った。

ピンとがった耳。柔らかな肉球。全身毛に覆われた体。私たちは笑っちゃうくらい、どこも似ていない。言葉だって通じない、食べるものもちがう、まったく別の種類の生き物だ。それなのに今こうして、同じソファーの上で、おそらくは同じ心地よさを感じている。なんの約束もなく、なにかを差し出すこともないまま、まるごと信頼されて、受け入れられている。それは、なんて幸せなことなんだろう。

すぴ、すぴ、と、ひよりの寝息が聞こえてくる。もっとくっつきたくて、だけどこの時間が終わってしまうのが怖くて、私は結局そのまま目を閉じた。奇跡に立ち会ったような神聖さを感じながら、はじめて間近で聞く小さな寝息に、いつまでもいつまでも、じっと耳を傾けていた。

あの子のかけら

我が家には毎日のように、宅配がある。ちょっとした食材や日用品、衣類や家電にいたるまで、買い物のほとんどをネットですませるからだ。

以前住んでいたマンションは、猫が玄関から飛び出さないよう、オーダーで作った柵を取り付けていた。けれど、引っ越した先ではサイズが合わず、新しい柵を頼んだところ、四ヶ月待ちだという。玄関の扉を開けても、幸いその先は内廊下だし、仕方がない、柵は気長に待とう。そう思っていたところ、ちょびがすっかり宅配好きになってしまった。

ピンポーン、とチャイムが鳴ると、ちょびはピクリと顔を上げる。そして、玄関に向かう私の少し後ろからついてきて、細く開いた扉のむこうや、宅配業者の人の様子を、じっと観察する。ときどきはこちらを見上げて、あれはなにを言いたいのか、

「おーあ?」

と話しかけてくることもある。今まで柵があるせいで見られなかった世界が、どうやら楽しいらしい。

と、あるときとうとう、私の足のすきまをすり抜けて、とたたたた、と廊下に走り出してしまった。あ、コラ待ちなさいすみません。受け取った荷物で両手がふさがった私が慌てていると、宅配業者のお兄さんが、身をひるがえし、ちょびを抱き上げて連れてきてくれた。そして、感心した様子で言った。

「知らない人にだっこされても、平気な子なんですねえ」

お兄さんの腕の中、ちょびはぷらーんと両手を伸ばしたまま、いつもと変わらぬ表情で、

「おーあ?」

と鳴いた。

我が家の猫たちが、どうやら人懐っこいらしいと気づいたのは、ここ最近のことだ。ペットシッターとして働く人から、人見知りする猫たちの話を聞いたのだ。チャイムが鳴るだけで隠れてしまう猫や、馴れるまで時間がかかる猫、怖がって威嚇する猫。来客におびえる猫を馴れさせるために、お客を装って家を訪ね、ごく短時間滞在して帰るというサービスまであると言われて、驚いた。

我が家の四匹は、家に誰かがやってくると「こんにちはー」とばかりに寄っていく。においをかぎ、顔を近づけ、手からおやつをもらって、一緒に遊んでもらう。目を離したすきにちゃっかり抱かれていたり、猫語でなにやら熱心に話しかける姿を見ていると、あな

たたち別に私じゃなくてもいいのね……とすねたくなるくらい、どの子も人を怖がらない。

四匹ともがこんな調子なので、私はてっきり、こういう猫が大多数なのだと思っていた。ペットシッターさんが言うように、人見知りする猫の割合が案外高いのだとしたら、どうしてうちの猫たちは、全員がこうも人懐っこいんだろう。疑問だったある日、あっと思う出来事があった。

リビングのエアコンが壊れてしまい、修理業者の人に来てもらったときのことだ。チャイムが鳴ってドアを開けると、そこに立っていたのは、大柄な男性だった。その人は大きな工具箱を持ち、肩には脚立《きゃたつ》を担いでいた。するとおもちが、おそらくはその人が持つ荷物までが体の一部に見えたのだろう、目を大きく見開き、二、三歩後ずさると、おびえた様子できびすを返し、走って奥の部屋に隠れてしまった。驚いた。なぜなら、日ごろ誰よりも大胆で、なにかを怖がる姿など、見たことがなかったのだ。

「おもち、大丈夫だよ」

慌てて追いかけ、声をかけても、ベッドの下から出てこない。とはいえ、業者さんを放っておくわけにもいかない。おもちを気にしながら、私はエアコン修理に立ち会った。するとしばらくして、修理を見学するほかの三匹の後ろに、そろりそろりとやってくる、おもちの姿が見えた。

業者さんの作業を興味津々で観察するちょびと、すぐ近くのソファーでまどろみながら見守るアルク、マイペースに毛づくろいするシマ。そんな三匹に代わるがわる視線を送り、この状況が安全なのかどうか、見極めようとしているようだった。最終的にはおもちも、リラックスした様子で、ぺたんと床に寝っ転がった。その顔は、みんながへいきならきっとこわくないんだ、と言っているように見えた。

考えてみれば、一番上のアルク、二番目のシマは、生まれてからの数年間を、大勢の人間に囲まれて過ごした猫だった。当時夫は、自宅と仕事場を同じ部屋にしていたので、週の半分は、五、六人のスタッフが常駐し、寝泊まりするという環境だったのだ。

私もそのころの二匹に何度も会っているが、いろいろな人になでられ、遊んでもらい、フードをもらって、職場のアイドルとして可愛がられていた。そんな二匹のスタンスを、その後家族になったちょびや、おもちも継承して、今の人懐っこい性格が出来上がっているのだとしたら。我が道をいく印象がある猫たちも、実は周りの影響を多分に受けているのだなあ、血縁関係のない四匹だけど、育ち方はまるで兄弟のようだなあと、感慨深い気持ちになるのだ。

とはいえ、「え、そこ真似しちゃうの?」と思うこともある。

子猫のころ「足が弱い子かも」と言われたアルクは、四匹の中で一番運動神経が鈍く、テーブルより高い場所には登れない。飛び降りるときも、他の三匹はほとんど音を立てず、スタッと軽やかに着地するのに、アルクだけは少々大きな、ドタッという音がする。その上、「さあ、とびおりるぞ！」と気合を入れた結果そうなるのか、着地と同時に、口から「みゅっ」と声が出てしまう。だから離れたところにいても、アルクが飛び降りたときだけは、音を聞けば、すぐにそうと分かった。

ところが。あるとき、アルクと一緒にくつろいでいると、離れた部屋で「みゅっ」という声がした。アルクはここにいるのに、今のはなに？　不思議に思って行ってみると、そこにいたのは、ちょびだった。なんとちょびは、おそらくはアルクの真似をして、着地と同時に「みゅっ」と声を出すようになっていたのだ。

「いやいやちょび、あなたはそれ必要ないでしょう」

抱き上げて話しかけても、きょとんとしている。人間でいえば、口癖や方言がうつるみたいなものなんだろうか。アルクが私たちを呼ぶときの「なあーん」という鳴き声や、甘えたいときに出す「るるるる」という音も、ちょっと前までアルクの専売特許だったのに、いつのまにか、ちょびがそっくりの音を出すようになり、今や聞き分けることは難しい。

軽やかに棚を飛び移り、狭い隙間もするりと通り抜ける、運動神経抜群のちょびは、飛び降りるときだけ、必要ないのに「みゅっ」と鳴く、そんな猫になった。

猫たちには、ブームというものがある。例えばちょっと前までは、シマが、風呂上がりの私の濡れた髪を舐めるのにはまってしまい、毎晩攻防戦を繰り広げていたし、おもちには「ご飯を食べたらベッドの下でくつろぐブーム」が到来し、人間では手が届かないような狭いすきまに入っていくので、ほこりがたまらないよう、入念に掃除しておかなくてはならなかった。ブームは突然やってきて、またどこかにいってしまう。もしくは誰かに移って続いていく。その繰り返しだ。

アルクには、かまってほしいときに机までやってきて、後ろ足で立ち上がり、前足を交互に動かして、机を引っかく癖があった。パソコンに向かっていると、私の顔を無言でじっと見つめたまま、カリカリカリカリ……とやるのだ。

そのときの真剣な表情が可笑しくて、仕事をしていても、つい吹き出してしまう。その、机カリカリブームはこのところおさまっていて、私もすっかり忘れていた。けれどあるとき、どこかでその動作を見て記憶していたのだろう、ちょびが突然、アルクをそっくり真似て、後ろ足で立ち上がり、机をカリカリとやりだした。

「もうちょびったら、いつそんなこと覚えたの」

笑いながらやめさせようとして、ドキリとした。ちょびの顔が、一瞬ひよりに見えたのだ。

そうだ、そうだった。もともと前足でカリカリ机を引っかく癖があったのは、ひよりだった。ストレートに甘えてくる性格ではなかったひよりは、かまってほしいとき無言でやってきて、真顔のままカリカリカリカリ……と机を引っかいた。その、ちょっと屈折した自己主張が愛しくて、手を止めて抱き上げていたのだ。いつも。

ひよりと会ったことがないちょびにも、アルクを介して、ひよりの癖が移っている。いや、考えてみればもともと、アルクやシマに「人間は怖くない」ということを教えて、人懐っこい性格に導いたのは、ひよりだったのだと思う。大勢が出入りする環境で人間と暮らすやり方を、アルクやシマは、ひよりを観察して学んでいったのだ。人がたくさんいる部屋のすみで、マイペースにくつろぐ姿や、ちょっと迷惑そうにしながら、子猫だったアルクやシマを、しっぽであやすひよりの仏頂面が、懐かしく浮かぶ。

ひよりはもう、ここにはいない。でも、姿がなくても、完全にいなくなってしまったわけではないのだ。カリカリカリカリ……とちょびが机をかく。愛しく懐かしいその音に、思わずちょびを抱きしめた。

ひよりのこと、その一

猫と暮らしはじめて、格段に弱くなったものがある。猫が出てくる悲しい話や、辛い話に近づけないのだ。

これまでだって、決して得意だったわけじゃない。でも今は、自分でもうまくコントロールできないほど、心が乱され、そのことでいっぱいになってしまう。すぐには修復できなくて、途方にくれてしまう。それはきっと、日々猫と過ごしながら、心のどこかで、いつかは見送る日が来てしまうのだという事実を、深く恐れながら生きているからなのだと思う。私は、そういうものを意識的に避けるようになった。いたずらに悲しみに心を浸す必要はないのだ。

ただいつだったか、愛犬を亡くしたばかりという人に、話が聞けてよかった、と言われたことがあった。似た経験をした人がいるということが、誰かの慰めになる場合もあると、そのとき知った。だから、ひよりとのことを書いておこうと思う。

ひよりは、賢い猫だった。思い出すと真っ先に浮かぶのは、ソファーの背もたれの上に横になり、なにかを悟ったようなまなざしで、こちらを見つめる姿だ。生後数日で拾われ、多くの人に囲まれて暮らしてきたからか、ひよりは、猫というよりは人間のような、こちらの言葉をすっかり分かっているような、そんな気にさせるところがあった。ひよりと離れて時間が経てば経つほど、その印象は強まっていくから不思議だ。

人が「されたら困ること」をよく理解していて、テーブルに乗ったり、人間の食べ物をほしがったりしない。花瓶や写真立てや、そのほか触ったら倒れてしまいそうなものには、決して手を出さない。いたずらでこちらを困らせることもない。でも、スタッフの一人がうっかりしっぽを踏んでしまったときは、わざわざその人の布団で、普段絶対にしない粗相をして、しっかり仕返しするようなところもあった。分別はあっても、やられっぱなしではないのだ。

そんなふうに、小さい人間のような雰囲気をまとっているかと思えば、ふとしたときに、意外なくらい猫らしい一面を覗かせることもあった。

夫のことが大好きで、扉を器用に開けて、仕事している夫に近づき、となりでくるんと丸くなる。部屋を移動しても、気づけばいつのまにかすぐ近くにいて、仏頂面のまま、うたたねしている。遊んで遊んで、とアピールしてくるわけじゃないのに、ひっそりとそばにいるところが愛しかった。子猫のころから布団で夫と寝ていたからか、心を許した相手には、腕枕に付き合ってくれる。

「うでまくらね、まあいいよ」

と言いたげな、さして嬉しくもなさそうな顔で、コロンと横になるのだ。そのときの、心地よい重さと温かさ、そして「許されている」という感覚。私はひよりと出会って、猫というのは、人間を甘えさせてくれる生き物なんだと知った。猫に甘えて暮らすのは、なんて幸せなんだろう。

とはいえ今思い返せば、ひよりには、謝りたいこともたくさんある。夫も私も、ひよりがはじめての猫で、ひよりと過ごす中で知ったことが、いくつもあるのだ。もっとこうしてあげればよかった、こっちの方がきっと快適だったはずなのにと、せんないことと分かっていても、繰り返し悔やまずにはいられない。

例えば、トイレはもう少し大きいものを選ぶべきだったと思うし、爪とぎも、縦置きと横置き、どちらも用意すればよかった。それから、アルクをもらってきたこともそうだ。ひよりがあまりに寛大で、いろいろなことをどっしりと受け止めてくれるので、まだ赤ちゃんだったアルクを引き取ったとき、特に配慮もなく対面させてしまった。猫を増やす場合は、先住猫がストレスを感じないよう、注意深くケアしなくてはいけないということを、知らなかったのだ。

あのとき、生まれてはじめて自分以外の猫に会っただろうひよりは、アルクを威嚇するでもなく、かといって特にかわいがるでもなく、ちょっとにおいをかいだら、あとはいつもと変わらない様子で、アルクの好きなようにさせていた。対してアルクは、すぐにひよりに懐き、いつもちょこちょこと後をついて回った。なにかに驚くと、ひよりのとなりに逃げていくし、寝るときは寄り添って、ちょっとだけ体のどこかを触って眠る。

ひよりも気が向くと、しっぽをオモチャのように器用に動かして、アルクと遊んでくれた。それは、一見微笑ましい光景だったが、当時七歳だったことを思えば、子猫のテンションの高さは、きっと煩わしい瞬間もあっただろう。それでもひよりは、なにも訴えてこなかった。

ひよりのことが大切で、愛しすぎて、ともすると依存してしまいそうなのが怖くて、夫はアルクを引き取ると決めたけれど、さすがにそこまでは、賢いひよりにも伝わらなかっただろう。アルクが来たことで、寂しい気持ちになっていなかったらいいのにと思う。もう戻れない過去なのに、そのことを今も何度も、何度も願う。

ひよりとの別れは、ある日突然、予想もしないタイミングでやってきた。

その年、ひよりは九歳を迎えていた。九歳ともなると猫は、フードの種類が「シニア用」に変わる。夫と、そのことを話題にしたのを覚えている。シニア用って見ると切ないね、早いよね、と。

「でも、猫ってシニアになってからが長いんだよ、二十年以上生きる子もたくさんいるし」

そう言いながら、念のためひよりに、人でいうところの、人間ドックのような検査を受けさせることにした。体を一通り調べてもらったのだ。結果は、特に問題なし。安心した。フードがシニア用になったことへの不安を、私たちはそれで、なかったことにしたのだった。

実はそのとき私は、自分自身の手術を控えていた。二週間の休みを取り、五日ほど入院して、体にできた腫瘍を取り除くことが決まっていたのだ。手術自体は、決して珍しいものではなかったけれど、なにせ体にメスを入れるのも、全身麻酔するのも、生まれてはじめて。一年ほどかけて慎重に病院を選び、半年ほどの投薬で腫瘍をできるだけ小さくして、やっと手術の日を迎えるとあって、私の頭の中は当時、そのことでいっぱいだった。

幸いにも、不安だった手術は、滞りなく終わった。さすがに手術翌日は、意識が朦朧として、ほとんどの時間をまどろんでいたが、二日が過ぎるころには、少しずつ起きていられる時間が長くなり、できることも増えていった。

たくさん歩くようにという指導を受けて、点滴がぶら下がったポールをカラカラ押しながら、院内をゆっくり散歩したりもした。数日経つと入浴も許可されたし、覚悟していた傷跡も、いざ見てみると、拍子抜けするくらい小さくてホッとした。

夫はそんな私に、面会時間のあいだは、ずっと付き添ってくれた。当時はまだ結婚していなかったが、普段はお互い忙しく、こんなにゆっくりとたわいもない話をする時間なんてなかったたな、などと私は思っていた。そのときの呑気な自分を思い出すと、今も、胸の奥のあたりがぎゅっと痛くなる。

手術から五日後に、退院の日がやってきた。荷物を片づけながら、ああやっと家に帰れる、と私はウキウキしていた。すると突然、夫がこう切り出した。

「実は、話さなくちゃいけないことがあるんだ」

思いつめた声に驚いて顔を上げると、夫は痛いくらい真剣な表情で、ふりしぼるようにゆっくり、こう言った。

「ひよりが、亡くなったんだ」

――え?

きっと私は、素っ頓狂な声で聞き返したと思う。あまりにも予想外の言葉だった。待って、なんの話? ひよりって、あのひより?

夫は唇を噛みしめ、何度も首を縦にふる。え、なに? なんで、どういうこと? そのとき自分がなにを口にしたのか、今となっては、あまり思い出せない。頭が真っ白になって、言われていることの意味が分からなくて、ただ質問を繰り返したと思う。

だって、ひよりはいたって元気だったのだ。そんなことが起こる様子はみじんもなかった。入院する前、荷物をつめたスーツケースに、何度も体をこすりつけていた姿が浮かんだ。もうひよりったら、毛がつくからやめてよと、笑いながら頭をなでた。いつもと同じ姿。愛しいひより。

状況が飲み込めない私に、夫は説明した。手術の前日、私を入院させて自宅に帰ったら、ひよりがひっそりと亡くなっていたこと。急いで病院に運んだけれど、いわゆる突然死で、原因は今も分からないこと。術後の体に障るといけないから、担当医と相談して、私には退院する日まで、なにも言わないと決めたこと。そろそろ火葬しなくてはいけない期限を迎えるので、今日はこのまま霊安室に向かって、ひよりにお別れをしたいこと。葬儀は明日行われること。

ぽかんとしたまま、話を聞いた。頭がまったくついていけないのに、涙だけが静かにあふれた。分からないことがたくさんある。知りたいことも、聞きたいことも。胸がバクバクする。悲しいより先に、苦しくて、痛い。

今までの人生の中で、例えばかけがえのないなにかを見つけたときや、大切すぎるものができたとき、ああ今これを失ったら、私どうやって立てばいいか分からないかも、と想像したことがある。きっと正気ではいられない、だって私にとってこんなに大きな存在だから、と。

もちろんそれはちらりと考えてみるだけで、実際にそんな宝物を、突然失った経験などなかった。安全な場所からそっと断崖を覗きこむように、戯れに想像していたことが、どうやら今、本当に起こっているようだった。私の心は、ぐちゃぐちゃだった。

ひよりのこと、その二

理解することと、受け入れることは、きっと同じことなんだと思う。なにが起きたのか理解できない私は、心をどこに置いたらいいか分からないまま、ただ、タクシーに揺られていた。

どれくらい時間が過ぎただろう。やがて車は吸いこまれるように、見覚えのない建物の前に止まった。ペット霊園、というものらしかった。そしてそこで私は、小さな箱の中に横たえられた、ひよりと対面した。

不思議だった。目の前にいるのは間違いなくひよりだと分かるのに、私が最初に思ったことは「ひよりに会いたい」だった。ああ今すぐ会いたい。あの綺麗な金色の目で見つめられたい、腕枕をして一緒に眠りたい、「ひよりのムートン」と呼んでいた、耳の付け根の特別柔らかい毛を触らせてもらいたい。

それはほんの少し前まで、望めば叶う願いのはずだった。そっと、目の前の箱の中のひよりに、手を伸ばしてみる。ハッとした。驚くくらい冷たく、固かったのだ。頭が混乱する。ひよりはどこにいるんだろう。どうしてこんなことになってしまったんだろう。

「どうやら、苦しまずに亡くなったらしい」

と、夫は言った。それは、私たちに分かる、ほとんど唯一のことだった。

かごに入れっぱなしになっていた洗濯物の上で、眠るようにして、ひよりは横たわっていたのだという。夫が慌てて病院に連れて行くと、亡くなった原因を知るためには体にメスを入れるしかない、それでも必ず分かるという保証はない、ただ表情はとても穏やかなので、苦しまなかったことだけは確かでしょう、と説明されたのだそうだ。

夫は悩んだ末、私とひよりをなるべくそのままの形で会わせたくて、メスを入れてまで原因を調べるのは、やめると決めた。それは、どれほど苦渋の選択だっただろう。私たちが一番知りたいこと、悲しみの中でも唯一心の置き場が見つけられそうな「どうして」という問いかけの答えは、その選択によって、永遠に分からなくなってしまった。そして、それと引き換えに、私はひよりと対面できたのだった。

心が宙に浮いたような状態で、茫然と霊園をあとにした。まったく状況が受け入れられないのに、やらなくてはいけないことは、たくさんあった。

明日行われる火葬の打ち合わせをし、ひよりを飾るための花を頼み、やっと家に戻る。玄関のドアを閉めた瞬間、絶望感で、体がずしりと重くなった。普段ならホッとできるはずの家の中が、一番悲しい場所だった。

いつものソファーの背もたれに、テーブルの下にひよりがいて、ひょっこり顔を出して、今にも体をすり寄せてきそうな気がする。気配を感じるのに、ひよりはどこにもいない。一体どうして。頭に浮かび続けるその疑問の答えが二度と分からないということが、きっとこれから長く自分を苦しめるだろうと、容易に想像がついた。

ふと、夫は私が退院するまでの数日間、たった一人で、この部屋で寝起きしていたのだと思い至った。一体どうやって過ごしていたのだろう。聞くと、

「毎晩、外を歩き回っていた」

と言う。自宅で冷たくなっているひよりを見つけた夫は、パニックになり、我を忘れて泣き叫んだのだそうだ。それを見たアルクとシマが、すっかりおびえてしまったので、動物病院から帰ったあとは、二匹に泣いている姿を見せないよう、耐えられなくなると外に出て、たった一人で歩き回った。そうして夜が明け、面会時間になると、なにも知らない私に会うため、いつもと同じ顔で病院へ向かったのだ。

まったく眠れないまま、朝を迎えた。心の整理がつかなくて、私は生まれてはじめて、ひよりに手紙を書いた。その手紙と、たくさんの花、好きだったおやつと一緒にひよりは火葬され、小さな骨壺の中に納まった。それを見てもまだ、亡くなってしまったというこ

とが受け入れられなかった。

そしてそこから、長く辛い毎日がはじまった。どうして、という疑問がずっと頭から離れない。原因が分からない分、あらゆることを疑ってしまう。

家の中になにか害になるものがあったんじゃないか、フードか水が合わなかったんじゃないか、本当は前兆があったのに見落としていただけなのかも。ネットを調べ、いろいろな本を読んだ。

毎晩眠れず、ウトウトしても、嫌な夢を見てすぐに目が覚める。アルクやシマも同じように突然逝ってしまうような気がして、二匹の呼吸を確かめずにはいられない。二匹を見ても、ひよりがいなくなって動揺しているのか、それとも具合が悪いのか、ただ寝ているだけなのかすら、判断ができない。自分が信じられなかった、だってひよりのことだって私は、いつもと同じ様子だと思っていたのだ。

夫には、何度も繰り返し同じ質問をした。どんなふうに亡くなっていたのか、動物病院ではなんて言われたのか。夫だって辛いと分かっているのに、どうしてもそうせずにはいられなかった。

泣きながら同じことばかり聞く私に、夫はいつも、はしょらず丁寧に、同じ説明をしてくれた。ほんの小さなかけらでもいいから、納得できるなにかを見つけたい、と思った。

でもすみずみまで探しても、何度夜中に目を覚ましても、そんなものは、どこにもありはしなかった。

そういう毎日が、どれくらい続いただろう。あるとき私は知人から、動物と話ができる人がいる、という話を聞いた。知人自身もお世話になったことがあり、普通なら知り得ないようなことを、いくつも言い当てられて驚いたのだそうだ。その人は、亡くなった動物とも交信ができるのだという。迷ったけれど、紹介してもらうことにした。普段は山奥で、たくさんの生き物たちと暮らしていて、電話で鑑定をしてくれる人なのだと知人は言った。

夫には内緒で連絡をとった。ひよりの写真を何枚かメールで送り、いくばくかのお金を振り込んだ。こういうことをお願いするのは、生まれてはじめてだった。でも、答えが分からないまままずっと心に居座り続ける、いくつもの疑問が少しでも解消されるなら、もうどんなことでもしたかった。

緊張しながら、教えられた番号に電話をかける。電話口から聞こえたのは、穏やかな女性の声だった。彼女は静かな口調で、質問を促した。聞きたいことは、たくさんあった。ひよりが今、どうしているのか。寂しい思いをしていないか。生前、どんなことを考えていたのか。

「ひよりちゃんは、まだ家の中にいて、あなたと一緒に暮らしています。だから、ときどき話しかけてあげて」

　と、その人は言った。そうなのか。それじゃあ賢いひよりは、ずっと沈んだ空気のままの今の家を、泣いてばかりの私たちを、どこかで見ているということなのか。

　一番知りたいことがあった。それは、ひよりが亡くなったときのことだ。どうして突然死んでしまったのか、そのとき、苦しかったり、寂しかったりしなかったのか。私も夫も、お別れを言うことができなかった。そのことを、ひよりはどう感じているんだろう。

　すがるような気持ちで聞く私に、彼女は、ひよりちゃんはどんなふうに亡くなっていたんですか、と問う。かごに入れっぱなしになっていた洗濯物の上で、と伝えると、彼女は少し黙ったあと、とても優しい声でこう言った。

「今、ひよりちゃんが私に教えてくれましたよ。僕が洗濯物の上を選んだのは、脱いだ服から、あなたたちのにおいがしたからだよ、って。ひよりちゃん、あなたたちのにおいがするものに、包まれていたかったんですって」

　ああ、と思った。声が出そうだった。ああ、私はなにをやっているんだろう——説明が足りなくてごめんなさい、洗濯物とはいっても、入っていたのは洗ったあとの猫用の毛布だったんです、私たちの脱いだ服じゃなく——言葉を飲みこんで、お礼を伝えて電話を切った。彼女の優しい声が、いつまでも耳の奥に残っていた。

涙をぬぐってぎゅっと目を閉じ、私は、ひよりのことを思った。霊安室で対面した姿じゃなく、もっとずっと前の、普段のひよりを思い出したくて、悲しい気持ちをかき分けるようにして、丁寧に記憶をたどった。

やがて、懐かしい仏頂面が浮かんだ。マイペースに毛づくろいする横顔や、真っ白いクリームパンみたいな、ふわふわの前足も。ぶすっとしながら、アルクを好きなように甘えさせる姿、腕枕で一緒に寝るときに見える、白と黒の小さな後頭部も。

ひよりの映像や写真はあるけれど、それは、ほんの一瞬を切り取っただけにすぎない。過ごした時間のほとんどは、私の心の中だけに残っている。ああ私はひよりを、なるべくそのままの形で覚えていたい。そのとき感じた空気や、愛しさや、温かさや、言葉に変換できない感情の粒子のようなものたちと一緒に、大切に。誰に聞かなくたって、私はこんなにひよりのことをよく知っている。分からないことがあったとしても、その何十倍もの、楽しかった記憶がある。苦しさから解放されたい一心で、心の中のひよりを塗り替えるような行為は、もうやめよう。

それから先も悲しみは、波のように静かに引いては、また繰り返し強く押し寄せた。関係ないことからひよりを連想して、突然涙があふれてしまうこともあったし、どうしてという疑問に心が囚《とら》われて、うずくまってしまうこともあった。ずっとこのままなのかもと思うほどの、ゆっくりとしたスピードで、それでも波は少しずつ、少しずつ遠ざかって行った。そして、突然の別れから二年が過ぎるころ、やっと泣かずに、ひよりの思い出話ができるようになった。

今、私の机の上には、ひよりの写真が飾られている。それを見ながら、ひより元気にしてるかな、とよく思う。きっと元気にしていると思う。私もいずれは行く場所で、ひよりは一足先に、昼寝しながら待っている。いつか再会できたときにはまた、白と黒の後頭部をこちらに向けて、私の腕枕で、一緒に寝てくれることだろう。私は今、その日を楽しみにしながら生きている。

アルク、ひよりとはじめての対面。

前足を伸ばして、アルクはいつでも、
ひよりをちょっとだけタッチ。

子猫時代のアルク。

もらわれてきたばかりの小さなシマ。

アルク、小さなシマの遊び相手に。

よたよた歩くちょびを、そばで見守るアルクとシマ。

しっぽがちょびっと、だからちょび。

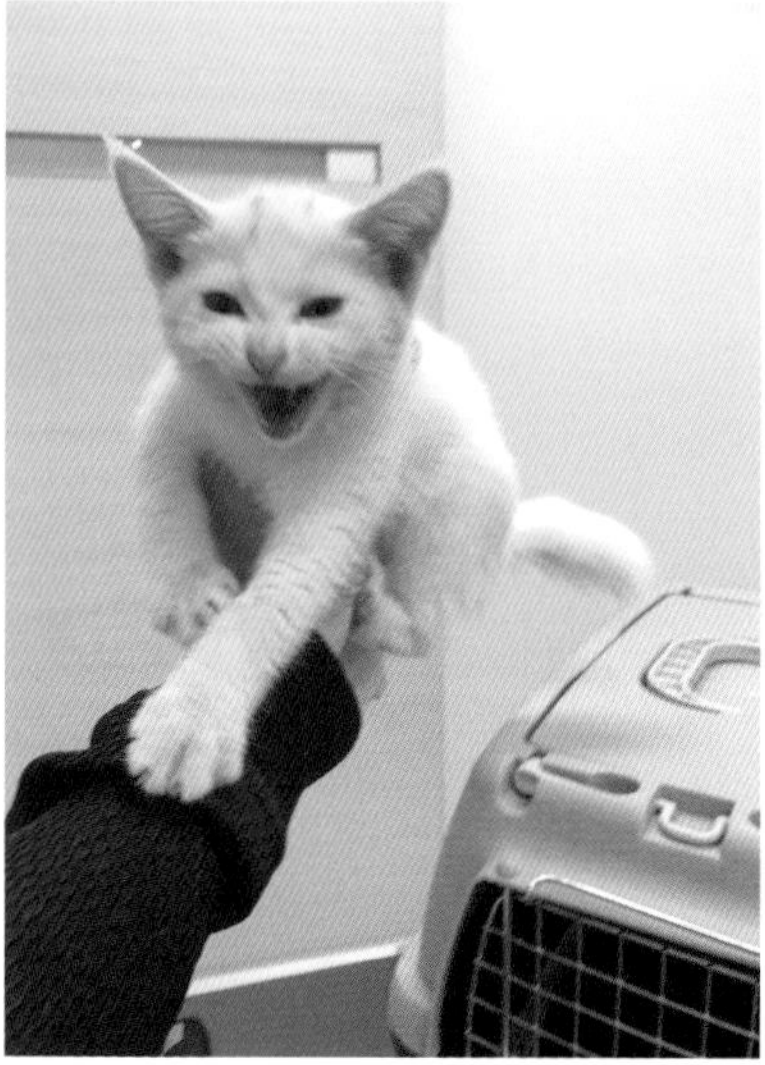

警察に保護されたおもちを
動物病院に連れて行った。

トリミングしてもらったら、綺麗な白猫に！

絶対に頭をコンとぶつけて、机の下からやってくるアルク。

前足を使って蓋を開けて、気づくと入っているちょび。

こんな不安定な背もたれから、
おしっこをすることがあるシマ。
どうして。

このおもちゃに、
頭の羽を引っかけるのが
大好き。

蛇口をひねるとやってくる。

隙あらば入る。アルクとおもち。

段ボール製キャットタワー。猫たちのお気に入り。

ベッドの下で仰向けになって、
背中で床を滑るブームがおもちにだけ到来。

リビングに入りたくて、
ガラスの部分から熱心に見つめるアルク。

遊びの個性

ケダマが、へんな遊びを覚えてしまった。

ケダマのケージにはいつも、水とフードのほかに、陶器でできた水浴び用の小さな容器と、フンをキャッチするための、キッチンペーパーが入れてある。スズメというのは水浴びが好きな生き物だが、ケダマもいかにもスズメらしく、最初のうちはそこらじゅうに水滴を飛ばしながら、冬でも気持ちよさそうに、豪快にパシャパシャやっていた。

ところが、あるときふと見ると、キッチンペーパーのすみが陶器の中に浸って、すっかり水を吸い上げてしまい、ケージの中がびしょびしょになっているではないか。はじめは、たまたま入ってしまったのかと思ったけれど、その日から毎日、まったく同じ状態が続く。しばらく観察して、やっと原因が分かった。それは、ケダマが発案した、新しい遊びだったのだ。

まずケダマは、キッチンペーパーの下に潜るため、小さなくちばしで器用に端をつまみ、何度もトライ&エラーを繰り返しながら、ペーパーを山型に持ち上げる。それができると嬉しそうに、まるでかまくらを前にした子供のように、身をかがめて潜りこみ、出たり入ったりを繰り返す。ひとしきり遊んだあとは、ペーパーを下からつついて、小さな穴を開け——この穴になんの意味があるのか分からないが、必ずこの工程を踏むのだ——その後、山型に盛り上げたペーパーの端をくわえて、陶器の水に豪快に浸す。そうして、キッチンペーパーが水を吸い上げ、辺り一面びしょびしょになると満足するらしく、達成感に満ちた様子で、誇らしげにケージの中のブランコをゆらすのだ。

「あーあ、またこんなにしちゃって」

私は、ぼやきつつ片づける。片づけながら、鳥も猫もやることは同じだなあ、と思う。我が家の四匹の猫たちも、ほかにたくさんおもちゃがあるにもかかわらず、こちらの意図に反して、「どうしてそれをそうしたいの」と言いたくなるようななにかに、熱中したり、こだわったりするからだ。

例えばアルクは、トイレットペーパーを偏愛している。

我が家では、トイレのドアを開けるとき、細心の注意を払わなければならない。なぜなら、アルクがいつも目を光らせていて、少しでもドアが長く開こうものなら、するりと入りこみ、わき目もふらず一瞬の躊躇もなく、トイレットペーパーにがぶりと食いつくからだ。アルクにとってそれは、いつ何時でも噛みつきたい、最後に噛みついてから数ヶ月が過ぎてもその感触を忘れられない、とても魅力的な形状をしているらしい。

トイレットペーパーに噛みつくと、アルクはまず唸る。これは、大好きすぎるものを前にしたときの癖で、普段はおっとりのんびりなアルクなりの、

「ぼくのだよ!」

という強い主張なのだと、私は思う。そうして、ペーパーを無理やりホルダーからもぎ取ると、一目散に走っていく。どこか、独りになれる場所を探しているのだ。

とはいえ残念ながらアルクは、他の子たちのように俊敏に高い場所に登れるわけではないので、せいぜい部屋のすみや、ベッドの下に入りこむのがいいところだ。そこでゆったりと、心ゆくまでペーパーを食いちぎる。ときどき場所を移動しながら、原形をとどめなくなるまで噛むものだから、まだ私がアルクの深い執着に気づいていなかったころは、外出中に、置きっぱなしのトイレットペーパーを目ざとく発見され、帰宅すると玄関からリビングまでペーパーのかけらだらけ、なんて惨劇がしばしば起こった。

もちろん、こちらも黙ってやられているわけではない。一ロールが丸ごと無駄になってしまうのはもったいないないし、なにより、アルクがトイレットペーパーのかけらを飲みこみでもしたらと思うと、気が気ではない。だから、うっかり奪われてしまったときは、必死で追いかける。口から無理やり取ろうとすると、余計強く噛んでしまうので、猫用おもち

ゃを使って、気をそらす作戦に出るのだ。

「ほらほら、あっくん見てごらん」

先端に小さなマスコットがついた紐や、レインボーカラーの柔らかいリボンなど、アルクお気に入りのおもちゃを、私は振り回す。けれどそういうとき、アルクはまったく興味を示さない。普段はお付き合いで遊んでくれてるの、と疑いたくなるほど、一瞥もくれないのだ。代わりに、ちょびやおもちが、

「わーい、あそぼあそぼ!」

と飛びついて来たりして、事態はどんどん悪化していく。

一度など、どうしても放そうとしないので、なんとか気をそらせないかと、トイレットペーパーを口にくわえたままのアルクを抱いて玄関を出、マンションの内廊下を歩き回ったこともある。もし誰かに見られたら、さぞかしぎょっとされたことだろう。

こんな独特な嗜好が、実はシマにもある。一体どういうわけか、シマはデンタルフロスが大のお気に入りなのだ。フロスを使うのは主に夫なのだが、ケースから糸を引っ張り出すカラカラという音を聞くだけで、シマは、寝ていてもピクリと顔を上げ、「にゃああ」と言いながら、まっすぐ駆け寄っていく。そして夫のお腹に乗ると、顔をぐっと近づけ、デンタルフロスを凝視するのだ。

猫の瞳というのは、光の加減や感情によってくるくると変化するものだが、フロスを前にしたときのシマは、まるで子猫のように好奇心いっぱいの、それは無邪気な表情をしている。夫がフロスを動かすと、シマは小さく「にゃ、にゃ」と鳴きながら、触りたい、でもどうしよう、ああでもやっぱり触ってみたい、というふうに、前足を持ち上げ、何度も空をかく。

夫が「これ？」とフロスを目の前に差し出すと、いったんは、パッと身をひるがえして距離を取るが、またすぐに近づいてきて、何度も「にゃ、にゃ、にゃ」とつぶやきながら、触りそうな触らなそうな微妙な距離感で、夢中になって前足を動かすのだ。

シマは普段、新しい刺激に対してどちらかといえばクールで、例えばフードなどは、なにを前にしても、大抵は一瞥しただけで、すぐにどこかへ行ってしまう。おもちゃも、ほかの猫がいると遠くから見ているだけだし、たとえ気分がのってきても、ちょっとしたことをきっかけに、すぐに気がそれてしまう。私は、そんなシマが心配で、ほかの子より生活に刺激が少ないんじゃ、どうにかもっと豊かにできないかしらと、猫用おやつをあれこれ取り寄せたり、シマと一対一の時間を作って遊んでみたりと、試行錯誤してきた。

それなのに、まさか、デンタルフロスがハートをつかむだなんて！　きゅるんと目を輝かせて、フロスに熱中するシマを前にすると、気が抜けて、ホッとして、なんだか笑ってしまうのだ。

手のひらにすっぽり入ってしまうサイズの、小さなちいさなケダマにも、アルクにもシマにも、好みやこだわり、そしてその子だけの「ツボ」がある。

「これがいい」

「この順番が好き」

「こうすると楽しい」

それを見つけるたび、どうしてだろう、困ったなあと思いながらも、ちょっとだけ胸を打たれてしまう。

例えばアビは、ケージに吊るしてあるおもちゃの輪っかに、頭のてっぺんの羽を引っかけるのが大好きだ。本来ならつついて遊ぶための輪っかの中に、オカメインコの特徴である、ぴょこんと伸びた羽を差し込んでは、ぐじゅぐじゅぐじゅ……と、なぜだか恍惚《こうこつ》の表情で、独り言をつぶやくのだ。

ちょびは、猫用のボールではほとんど遊ばないくせに、スーパーのビニール袋をしばったものを見つけると、とたんに目を輝かせて、一人でホッケーをはじめる。前足をスティックのように動かしてビニール袋を打ち、フローリングの上を滑らせて遊ぶのが、大のお気に入りなのだ。

ちょっとすれ違ったり、ほんの少し抱かせてもらうくらいでは見えてこない、その子の、その子だけが持つ部分。ずっと一緒にいるからこそ分かる、個人的な一面。きっと私が知らないだけで、世の中には、木の実の食べ方にこだわるリスも、自分だけのお気に入りの泳ぎ方があるイルカもいるんだろう。私が胸を打たれるのは、今まで一括りに「スズメ」と思っていた命が、本当はひとかたまりではなく個々なのだという、当然といえば当然のことを、改めて感じるからなのかも知れない。

そういえばおもちは、まだ執着や偏愛を見せない。一番幼いからだろうか、どんな種類のおもちゃにもよく反応するし、真っ先に飛びついてくる。でもやっぱり、その遊び方には、おもちのおもちらしさが、きちんと発揮されている。

先日私は、中にキャットフードを入れて遊ぶおもちゃを買ってみた。パズルフィーダーと呼ばれる猫用の知育玩具で、パズルをちょっと動かすと、中からカリカリが出てきて食べられるという仕組みだ。『これがあれば猫たちは、留守番の時間を退屈せずに過ごせます』という文言に惹かれて、海の向こうから取り寄せてみたのだ。

ところが、いざセッティングしてみると、なにかがおもちのギアを入れるのだろう、アルクやちょびが「あ、カリカリのにおいがする」と反応したくらいの段階で、おもちは、前足を驚くほど器用に使って、次々とパズルを動かし、一人で平らげていくのだ。それだけじゃない。自分がパズルから出したカリカリを、ほかの猫が食べようものなら「フウッ」と、普段は絶対にしない威嚇までする。

「ちょっと待っておもち、それは、独り占めするゲームじゃないんだよ」

という私の制止も空しく、結局、ぽかんとした顔のアルクやちょびを置いてけぼりにして、おもちが一粒残らず食べて、パズルは終わった。その後何度やっても、どうしてもカリカリを独り占めしたくなるらしく、おもちは、ほかの猫を押しのけるように、次々とパズルを動かす。ただでさえ末っ子に甘いアルクやちょびは、その様子をただ見守るという図式が出来上がってしまった。

やっぱりそれもきっと、おもちの、おもちだけが持つ一面なのだ。

きゅるんの顔

ロシア人の夫婦が、動物園から引き取ったピューマと暮らしているという。猛獣として知られる、雄は体重が百キロ近くにもなるという、血がしたたる獲物の肉をわしわしと食べる映像を見たことさえある、あのピューマである。そんなまさか、と検索してみて驚いた。現れたのは「体がものすごく大きな家猫」といった様子の、それはそれは愛らしいピューマの姿だった。

その子は、お腹まるだしで横になり、されるがままに大人しく爪を切られ、大きな頭を、飼い主に何度もすりつける。太い前足で飼い主の体にちょこんと触れたまま、ベッドで一緒に寝たりもする。ゴロゴロという喉の音が、今にも聞こえてきそうな甘えっぷりなのだ。

サッカーボールにじゃれついたときは、さすがにピューマのパワーに耐えられなかったのか、最後はボールが噛みちぎられて粉々になってしまったけれど、おもちゃで遊ぶ姿は、我が家の猫たちと、なにも変わらない。野生のピューマとどこが違うんだろう、猫にはとても近くて、でもピューマからは遠い雰囲気を感じるのはなぜだろうと考えて、すぐに気がついた。ああ、表情だ。この子の表情には、見覚えがある。これは私が「きゅるんの顔」と呼んでいる、猫たちが身近な相手にだけ見せる、瞳を「きゅるん」と輝かせた、あの顔と同じなんだ。

猫というのは、実はとても表情豊かな生き物である。

まだ猫とさほど触れ合ったことがなかったころ、私が出会う猫たちはいつも、目をスッととがらせ、凛々しいけれど、どこかとっつきづらい表情を浮かべていた。中には、こちらに近寄ってきたり、体をなでさせてくれた子もいたけれど、やっぱり瞳はどこまでもクールで、私は長いこと、それが猫という生き物なんだと思っていた。

そうじゃないと分かったのは、一緒に暮らして、しばらく経ったころだ。

私の手元に、二枚の写真がある。それは、子猫だったおもちの写真で、まだ「おもち」と名付けられる前の姿を写したものだ。

一枚は、警察署で撮影した写真。交番で出会った翌朝、動物病院で診てもらうため、引き取りに行ったときに撮ったのだ。ケージに入れられたおもちは、全身が汚れ、本来ピンク色であるはずの耳の内側までが真っ黒で、体を柵にこすりつけ、出たい出たいと、必死にアピールしている。

もう一枚は、動物病院に着いた直後、診察室で撮った写真。ケージから出されたおもちは、片手で抱えられ、大きく口を開けて鳴いているのだが、目も口元も吊り上がって、まるで、今にも襲い掛かってきそうに見える。このときは、私も必死だったので気づかなかったけれど、今改めて見ると、その表情に驚く。推定生後二ヶ月の、まだあどけないおもちは、しっかり「野良猫の顔」をしているのだ。野良猫の顔とはつまり、誰のことも頼りにしていない、ピンと緊張の糸が張った、せっぱつまったような顔。私が長いこと、これが猫なんだと思っていた、あの顔である。

けれど、そのたった二十四時間後に撮った写真では、まったく様子が違っている。病院ですみずみまで洗ってもらい、体についていた虫も駆除されたおもちは、写真の中で、私の手に大人しく抱えられている。先の二枚と合わせて、何度かこの写真を人に見せたことがあるが、誰もが、

「信じられない」

「本当に同じ猫?」

と、目を丸くする。我が家にやってきて安心したのか、おもちの目元は穏やかに緩み、瞳は、きらきらと光を宿している。昨日まで野良猫の顔をしていた子猫は、私がよく知っている「おもちの顔」の片鱗を覗かせているのである。

猫というのは、いや猫に限らず動物というのは、人と暮らしていくうちに、もともと身

にまとっていた殻のようなものを、一枚いちまい脱いでいくんじゃないか、と私は思っている。そしてこちら側に、少しずつ近づいてくる。

ケージの中で目をとがらせていた白猫は、今や、顔を近づけると優しく目を細め、ピンク色の鼻先を「ちゅっ」とくっつけて挨拶してくれるようになった。遊んでほしいときは、寝室のベッドの下に潜り込んで、籠城《ろうじょう》する。それをすると「出ておいで」と、おもちゃを使って誘われることを、ちゃんと分かっているのだ。その、一目散に駆けていき、ほふく前進するように狭いベッドのすきまに入っていくときの、真っ白い後ろ足、ふわふわのおしり、ピンと立ったしっぽ。こうすれば遊んでもらえると確信している、その信頼感。

以前ためしに、おもちを抱きかかえたまま布団に入ってみたことがある。てっきり嫌がるかと思ったら、おもちは私のお腹のあたりでくるんと丸くなって、そのまま眠りはじめた。そっと布団をめくると、閉じていた目を半分開けて、なあに？ と見つめ返す。それをきっかけに私たちは、ときどき一緒に昼寝するようになった。お腹に温もりを感じながら眠るとき、出会った日のことがふと頭をよぎる。ああ、あの子が今はこんなに近くにいる、と改めて思うのだ。

一緒に過ごす時間が長くなればなるほど、猫たちは、どんどん表情豊かになる。その代表ともいえるのが、我が家で一番年長の、アルクだ。

アルクは、年々饒舌な猫になっている。例えば、今満腹か、空腹なのかがすぐに分かる。お腹がすいているときは、私がなにをしていても近づいてきて――ドアが閉まった部屋の中にいたら、前足でカリカリと引っかき、まずそこを開けさせて――視界に入るところまでやってくると、まっすぐこちらの目を見つめる。私がなにかに集中していたりして、目が合わないときは、アルクは前足を器用に使って「ねえねえ」と体を叩く。人が人にするように、体のどこかを、軽くノックするのだ。トントン、トントン、トントン。そのときの根気強さを、アルクは一体どこで身につけたんだろう。こちらが反応するまで延々とそれを続け、ようやく目が合うと、おなかへったよー、と鳴くのである。

なでてほしいときは、額を使ってタックル。腕のあたりにどーんと体当たりして、そのまま、額をぐいぐい押し付けてくる。「ここ?」と聞きながら要望通りなでると、うっとり目を細め、気持ちよさそうに口を半開きにする。満足する前に私がやめてしまったときは、ハッと目を開けて、前足をシャベルのように使って、手を自分側に引き寄せる。ここをもっとなでて、と主張するのだ。

遊んでほしいときは、後ろ足で立ち上がって、私の足をカリカリと引っかく。強く要求するわりに、ちゃんと爪は引っこめているところが健気だなあと、私はいつも吹き出してしまう。やましいことがあるときは、顔を横にそらしたまま、上目づかいでチラリとこちらを見るし、嬉しくないことを我慢するときは反対に、目を見開き、視線を決して合わせない。無理やり布団に入れられたり、気分じゃないのに抱きしめられたときは、アルクはそうやって、ちょっとのあいだ我慢して、付き合ってくれるのだ。

こんなに表情豊かなアルクだが、私が一番好きなのはなんといっても、潤んだ瞳を輝かせる、例の「きゅるんの顔」だ。ここ数年でするようになった、少し特別な顔。

私が机に向かっていると、アルクが唐突に近づいてくることがある。どういうわけか、アルクは決まって机の下に入り込み、私が座っている椅子の端に前足をかけて、ひょいと立ち上がるのだが、いかんせん机の下なものだから、必ず頭が机にぶつかって、こん、と音がする。猫は足音を立てないので、私はその、こん、という音で、アルクが来たと気づくのだ。

「ちょっと、今ぶつけたでしょ、だいじょうぶ？」

慌てて頭をなでても、アルクはまったく気に留めていない様子で、私をじっと見つめる。頭をぶつけてまで伝えたいことがあるのかと、最初私は、アルクをすみずみまで観察したり、なにをしてほしいんだろうと、部屋を見て回ったりした。でも、特に見つからない。そうしてまた机に戻ると、アルクは再び音もなくやってきて、前足を椅子にかけて、こん、と頭をぶつけて、私をじっと見つめるのだ。

どうしたの、なにが言いたいのと顔を覗きこんで気がついた。アルクの目が、いつもとちょっとちがう。子猫に戻ったような甘えた表情で、瞳をまあるく、きゅるんと潤ませているのだ。思わず顔を近づけたら、喉をゴロゴロと鳴らしているのが聞こえた。

抱き上げる。腕の中に入れると、アルクは無防備に力をぬいた。温かな体から、ゴロゴロという振動が、私の体にまで伝わってくる。だっこして、ということだったんだろうか。腰のあたりをポンポンと優しく叩きながら、アルクの顔を覗きこむ。アルクは優しい目で、うっとりと、ただ私を見つめ返した。

猫の言葉は、もちろん私には分からない。でもそのまなざしを見たとき、アルクは、私をとても好きでいてくれてるんだ、とはっきり感じた。ドキッとするほど綺麗な、アルクの瞳。透き通った黄色と緑が、複雑なグラデーションになっているその目が、まっすぐ私を捉えている。ドーム型のぷるんと潤んだ部分に、よく見ると私が映っている。アルクの表情は、どこまでも甘く優しい。

神様からお預かりしている。よく聞くその言葉は、もしかしてこんな気持ちなのかなと、私はそのとき、生まれてはじめて思った。

ふわふわで温かい小さな生き物が、てらいなく思いをぶつけてくる。ついでに頭もぶつけながら、ただくっつきたくて、私のところにやってくる。無防備に安心しきっている。

この時間は、まるで特別な贈り物のようだ。いつかお返ししなくちゃいけないことは、もちろんちゃんと分かっている。永遠じゃない。だからこそ余計に、なんて尊いんだろうと眩しくなる。

私のところにきてくれて、ありがとう。信じてくれて、好きになってくれて、ありがとう。そんな顔を見せてくれて、こんな気持ちを教えてくれて、ありがとう、本当にありがとう。

しんけたかり

子供のころ私は、とにかく食べ物の好き嫌いが多かった。

生まれ育った秋田の方言で「しんけたかり」。神経たかり、つまり神経質という意味なのだが、見たことのないもの、よく知らないもの、グロテスクに思えるものを、口に入れて噛んで飲みこむ、ということがどうしてもできない。

魚の皮、肉の脂身、きのこ類、貝類、生もの、その他、見慣れない食べ物すべて。おいしそうと思うより先に、不安と恐怖が沸き起こり、物心ついたときから、食事の時間は毎回、ただただ憂鬱だった。アニメなどで「今日は罰として夕飯ぬき!」というセリフを聞くたび、

「どうしてそれが罰なんだろう。食べなくていいなんて、嬉しいのに」

と、ひそかに思っていた。

当然母は、私にどうにか食べさせようと、揚げたり焼いたり刻んだり混ぜこんだり、あらゆる方法を試したと思う。けれど「しんけたかり」な私は、それでますます神経をとが

らせ、普通に食べていたものまで警戒するようになってしまった。あの、食卓から安心できる食べ物が一つずつ消えていく、逃げ場のない気持ち。私は、食事の時間が来るたびテーブルのすみで、どうか食べていないことに誰も気づきませんように、と祈った。毎日同じ、食べ慣れたものを繰り返し食べ続ける、それじゃどうしていけないんだろう、と。

そんな私が今、シマの好き嫌いに頭を悩ませている。こういうのを、因果応報っていうんだろうか。シマはとても「しんけたかり」で、食べ物のほとんどを警戒する。

アルク、ちょび、おもちの三匹は、いつだって食欲旺盛で、なにをあげても、興味津々で顔を近づける。ちょうだいちょうだい、とばかりに鳴きながら突進してきたり、前足を使って、フードを持つ私の手を、ぐいっと引き寄せることすらある。

それなのにシマだけは、フードでもおやつでも、基本的に食べたがらないのだ。ふんふんとにおいをかいだあと、すぐに顔を背けて、どこかに行ってしまう。そもそも、近寄ってこないことも多い。実に八割から九割の確率で気に入らないのだ。かつての私がそうだったように。

中でも悩みの種は、シマがウエットフードを一切食べない、ということだ。猫のフードは一般的に、カリカリと呼ばれるドライフードと、缶詰やパウチなどに入った、水分たっぷりのウエットフードがあり、どちらもバランスよく食べさせるのが理想的らしい。

『災害時や、病気で療養食を与えなくてはいけなくなったとき、ウエットタイプのフードしかないのに食べられない、ということになってはかわいそうです』

そんな一文を目にすると、気になってそわそわしてしまう。その上、

『猫は、腎臓病や泌尿器系の病気に、非常にかかりやすい生き物です。その原因のひとつが、水をあまり飲まないことにあります。特に、ドライフードしか食べない子は、要注意です』

などと書かれてしまうと、よくない想像が膨らんで、せっぱつまった気持ちになる。今すぐなんとかしなくては、でもドライフードですら、気に入ったもの以外は一切口をつけようとしないシマに、どうすれば、あれこれ食べてもらえるんだろう。

私は、いつものカリカリに、ほんのちょっぴり、ウエットフードを交ぜてあげてみることにした。いきなり切り替えるんじゃなく、毎日少しずつウエットの比率を上げていけば、抵抗なく食べられるようになるんじゃ、と思ったのだ。

シマは鶏肉が好きなので、使うのはチキンペースト。材料にこだわった贅沢なもので、ちょっと、いや、正直かなりいいお値段だ。ほかの三匹はこれが大好きで、アルクに至っては、興奮しすぎてしまうのだろう、「ウー」とうなりながら、夢中で食べる。どうやら相当おいしいらしい。この、一番食いつきのいいペーストを、耳かきの先くらいの量だけ、

ドライフードの上に、ちょん、ちょん、ちょん、と三ヶ所のせてみた。一口でも食べたら、きっとシマだって、おいしさに心をつかまれるはずだ。

ところが。シマはいつものように皿の前に行き、顔を近づけると、ぴたりと動きを止めた。そして注意深くにおいをかぎ、まっすぐ私を仰ぎ見る。

「これ、いつもとちがうよね?」

と言いたそうな、明らかに不満げな表情。猫の嗅覚は、人間の数万倍と聞いたことがあるけれど、完全にペーストのにおいに気づいている。

こういうとき、観察していることを気取られてしまうと、賢いシマは絶対に食べてくれない。私は慌てて目をそらし、台所を片づけるふりをした。そして心の中で祈った。お願いシマ、ちょっとでいいから試してみて。

そんな私を、シマはしばらく見つめていたけれど、やがてあきらめたのか、しぶしぶといった様子で、カリカリに口をつけた。よかった、食べてくれた! ホッとしたのも束の間、シマがいなくなったあとの皿を見て、私はがっくりうなだれた。そこには、ペーストがついたカリカリだけが、感心するくらいきれいに、まったくの手付かずで残されていたのだ。

この頑なさ、既視感がある。そうだよね、ともう一人の私がうなずく。「一口食べてごらん、おいしいから」という言葉に、私だって子供のころ何度も、心の中で反論したじゃないか——好き嫌いがない人は知らないんだ。「おいしい」って気持ちは、心の余裕みたいなところから生まれてくる。でも、嫌いな食べ物を前にすると、不安とか、恐怖とかでいっぱいになって、おいしいかどうかなんて、感じ取る余裕はなくなっちゃうんだよ——。

その後、ペーストの量をどんなに減らしても、もはや目で見て分からないくらいにしても、シマは必ず気づき、頑としてよけ続けた。

ペーストが好みじゃないのかもと、何種類かのウエットフードで試してみたけれど、結果は同じ。それどころか、今まではお気に入りのカリカリを差し出すと、小走りで駆け寄ってきていたのに、ウエットを交ぜるようになってからは、不満そうな顔で遠くに座り、なにもついていないカリカリまで、残すようになってしまった。ほかの三匹は、皿を出す音を聞くやいなやパッと立ち上がり、体をこすりつけてくるのに、シマだけは食事の時間になると、明らかに憂鬱そうなのだ。

邪魔が入って気が散らないよう、ほかの猫たちは違う部屋に移動させ、フードが入った皿と、シマと私だけがリビングに残って、向き合う。シマは億劫そうに体を起こすと、皿に近づき、すみずみまで入念ににおいをかいでから、ぽり……ぽり……と一粒ずつ食べはじめる。中身を警戒するように、とても時間をかけて。

分かるよ、シマ。好きな食べ物に嫌いなものを交ぜられちゃったら、ただでさえ少ない好物まで嫌になって、食べることそのものが苦痛になっちゃうんだよね。本当は私も、好きなものだけあげたいし、ウエットを食べないくらい平気だよ、と笑い飛ばしたい。でも、こういうときどうしても、ひよりとの突然の別れが頭をよぎる。まあいっか、と言えなくなっている自分がいる。

一緒に暮らしているとどうしても、猫が嫌がることをしなくちゃいけないときがある。例えば爪を切るとか、病院に連れて行くとか。

「だいじょうぶ、怖くないよ」

「よく頑張ったね、ありがとう」

声をかけても、嫌な気持ちでいっぱいになっている猫たちに、こちらの言葉が届いているとは思えない。でも、そんなときそこに、その子の大好物があれば、それが言葉の代わりになってくれるのだ。差し出すだけで、感謝やねぎらいを伝えられるし、猫たちが感じた嫌な気持ちも、慰めることができる。シマの好物を知らない私はつまり、シマを癒す言葉を持っていないのと同じなのだ。

ふと、私はかつて自分に向けられた、悲しげなまなざしを思い出した。

「かわいそうに」

そう言ったのは、誰だったっけ。驚いた記憶だけが残っている、だってそれまでは叱られるばかりで、かわいそうなんて言われたことがなかったから。「食べることは、本当はとても楽しいことなんだよ」とその人は言った。「この子がおいしいと笑って食べられるものを、一つでも増やしてあげられたらいいのに」。きっとそのときも私は、一人だけ憂鬱な顔をして、食卓のすみでうつむいていたはずだ。ああ、かつて自分はこんなふうに、周りの人間をやるせない気持ちにさせていたのか。

一体私はどうやって、好き嫌いを克服したんだろう。記憶をさかのぼってみる。無理に食べさせられたから、では断じてない。それで好きになったものなど一つもなかった。食べろと強制されればされるほど、食事の時間は、気が沈むものになっていく。

じゃあ、どうやって。たぶん私は、食べられるものの中から、大好きなものを見つけたのだ。これならもっと食べたい、こんなにおいしいなら今度はこんなふうに食べてみたい、と思えるようなものを。そしてその気持ちを軸にして、これも食べてみようとか、こっちの食材を組み合わせてみようというふうに、少しずつ食べることの楽しさを知り、そして自由になっていったのだ。

それなら、シマが食べられるものから、見直してみよう。食いつきが悪くなってしまったそれまでのカリカリではなく、もっと鶏肉の含有量が多いもの。食べることを楽しいと思えるような、栄養があって、それでいて、ちゃんとおいしいもの。

十数種類のドライフードを取り寄せた。中には、猫と暮らす先輩が、わざわざ郵送で分けてくれたものもあった。それを、シマに少しずつ試食させてみる。

予想通り、ほとんどは食べようともしない。においだけはかいだものの、口をつけなかったものもたくさんあった。でも、とうとう一つだけ、シマが興味を持ったドライフードが見つかった。皿に出すやいなや、ちょっとにおいをかいで、そして食べはじめたのだ。

ああ、と思わず声がもれた。よかった、食べてくれた。今まであげていたものよりも、食いつきだってずっといい。根気よく探せば、きっとあるのだ。シマの好みにあったもの。がんじがらめの気持ちを、自由にしてくれるもの。そして、シマの気持ちの軸になってくれるものも、どこかには。

「シマ、ありがとう」

私を見上げるシマに、声をかけた。シマを癒す言葉が、やっとひとつ手に入りそうだ、と思った。

お兄ちゃんたち

お兄ちゃんという存在に、ずっと憧れていた。

私自身は、第一子として生まれ、下に弟が二人いる。どうして私が一番上なのと、子供のころはことあるごとに口をとがらせ、母に訴えた。

姉を持つ幼馴染は、言葉遣いがどこか大人っぽく、いつも、

「お姉ちゃんから聞いたんだけどね」

と、私が知らない新しい世界を教えてくれた。兄がいる友達は、小学校でも中学校でも、

「おお、あいつの弟か」

などと、上級生からも先生からも、親し気に声をかけられていた。いいなあ！　私は特に、なにかあると守ってくれるような、頼りがいのあるお兄ちゃんがほしかった。けれど、第一子として生まれた以上、下の兄弟が増える可能性はあっても、上に兄弟ができる可能性は、よっぽどのことがない限りは、ない。あーあ、お兄ちゃんがいたらいいのになあ。いつもただ、うらやましかった。

そのときの気持ちを今、我が家の猫たちを見ていて思い出す。

例えば我が家には、猫用のハンモックがある。大きな吸盤で窓ガラスに直接貼り付けるそのハンモックは、夫の仕事机の、すぐとなりの窓にくっついていて、ちょうど猫一匹を、すっぽり包み込むような形状をしている。そこでくつろいでいる様子は、まるでバスタブに浸かっているように見えて、なんとも微笑ましい。窓の外も眺められるし、すぐ傍らには夫がいて、適度にかまってもらえるしで、特におもちは、ここが気に入っているようだった。

あるとき、このハンモックにちょびが寝ていた。目をつぶって、気持ちよさそうにまどろんでいる。するとそこに、おもちがやってきた。おもちは、自分のお気に入りの場所で眠るちょびを、しばらく見つめていたけれど、やがて音もなく近づいていった。そして、あろうことか、ちょびの頭に向かって突然、すぱーん！　と猫パンチを食らわせたのだ。

私も驚いたが、もっと驚いたのはちょびだ。文字通り飛び上がると、ちょびはハンモックから逃げ出した。おもちは当然といった顔をして、空いたスペースに、コロンと横たわる。

「ちょっとおもち、なんてことするの」

かわいそうなちょびは、必死に毛づくろいしている。どうにか落ち着こうとしているのだ。寝入りばなをいきなりひっぱたかれるなんて、きっと怒り心頭だろう。そう思ったのに、ちょびはやり返そうとしない。ハンモックのすぐとなりの机に移動して、ただ静かに丸くなるだけ。それだけじゃない。その後、おもちが何事もなかった態度で体をすり寄せると、まるで頭をなでるように、耳のあたりを何度も舐めてやるのだ。とても優しい目をして。

こんなこともあった。おもち、ちょび、アルクが大好きな、ササミを乾燥させたおやつがある。いつもは平等に食べられるよう、それぞれのお皿に入れるのだけれど、うっかり一つのお皿で出してしまったことがあった。すると真っ先におもちが、他の二匹を押しのけて顔を突っこみ、すごい勢いで食べはじめた。これぜんぶあたしの！　とでも言いたげなハイテンション。私は、アルクやちょびも同じように我先にと食いつくだろうと、一瞬身構えた。

ところが。二匹は、食べたそうな顔でお皿の周りをうろうろするものの、おもちを押しのけようとは決してしない。床に散らばった、おもちが落としたササミのかけらを、ただペロペロと舐めるだけ。大好きなおやつなのに、明らかに末っ子のおもちにゆずってあげているのだ。

猫と暮らすようになって驚いたことの一つが、自分より幼い存在ができたとき、ちゃん

と年長者としてふるまうようになる、ということだ。いや、考えてみるとシマは、

「したのこたちなんて、きょうみないわ」

という態度なので、もしかしたら雄猫に、その傾向が強いのかもしれない。アルクも、ちょびも、さかのぼって考えればひよりも、子猫が家にやってきたとたん、それまで知らなかった顔を見せるようになった。

おもちが家族になったときも、そうだった。そのころちょびは、一歳の誕生日を迎える前で、まだまだやんちゃな時期だった。加えて、だっこの体勢が気に入らないと、後ろ足で蹴ったり、腕を強めに甘噛みして「はなして！」と主張したりと、気が強い一面もあった。

それなのに、小さなおもちに対してだけは、なにをされてもじっと目を閉じ、やりたいようにさせている。おもちが部屋を移動すると、ちょびも後からついて行って、まるで見守るかのように、近くに体を横たえる。生まれてはじめて子猫と接するはずなのに、ほんの数日前までは自分が末っ子だったのに、ちょびの一体どこに、こんな分別と優しさが隠れていたんだろう。

アルクに至っては、その気持ちがもっと広範囲に及んでいる。なにせ最年長のアルクは、シマ、ちょび、おもち、全員の子猫時代を知っているのだ。

私の手元には、思わず微笑まずにはいられない何枚かの写真がある。どれも、子猫とアルクを写したものだ。ぬいぐるみみたいに小さなシマが、アルクにぴったり体をくっつけて眠っているところ。体重四百グラムのちょびが、おぼつかない足取りで歩いている写真。すぐ後ろには、その姿を見守るアルクが写っている。

アルクが自分のしっぽを使って、おもちと一緒に遊ぶ動画も残っている。ふり返ってはもちの動きを見つめながら、まるであやすように、目の前で、くるんくるんとしっぽを回す。おもちは嬉しそうに、パッと飛びつくのだ。

そしてもっと昔の写真を見ると、そこには、子猫時代のアルクが写っている。小さなアルクは、寝ているひよりの体の上に、当然のような顔でどっかり腰を下ろして、こぼれ落ちそうな大きな瞳でこちらを見つめている。写真ではひよりの表情は見えないが、「やれやれ」とため息をつきながらアルクのやりたいようにさせていた、あの顔が懐かしく浮かんでくるのだ。

猫は、マイペースで気まぐれな生き物だと思っていた。自分の感情に正直で、興味があることとしかしないと言う人もいる。私もときどき「この気持ち、ちゃんと伝わってるかな」と不安になることもある。でもそういうとき、私は猫たちの「お兄ちゃんっぷり」を思い出す。

あれから何年も時が流れて、手のひらサイズだった子猫たちはすくすくと成長し、アルクの大きさを超えていった。姿かたちだけで言えば、アルクは、我が家で一番小さな猫ということになるし、末っ子のおもちは今や、ちょびと同じか、ちょっと大きいくらいの体格になった。

でも、たとえ背を追い越したとしても、みんなの中にはちゃんと、かつての記憶と感情が残っている。独立心旺盛なのに、突然思い出したようにアルクに体をすりつけ、甘えるシマ。おもちのどんなふるまいも、即座に許すちょび。そして、すべての猫と仲良しで、しょっちゅう誰かを毛づくろいしている、最年長のアルク。いたずらっこのちょびが、シマをしつこく追いかけ回したときなど、アルクは全然速く走れないくせに、ポテポテとちょびのところまでいって、叱りつけるように首のあたりを噛む。

誰かのために怒ったり、思いやったり、ペースを合わせたり、優しくされたことを覚えていたり。一見マイペースに見える猫たちの中には、そういう感情が静かに、でも確かに存在しているのだ。

そういえば子供のころ、私が「長女なんてちっともいいことない!」とこぼすたびに、母に言われた言葉がある。あなたは四歳まで一人っ子で、いろんなものを独占できる時期があったでしょ。でも弟たちは、生まれたときにはもう兄弟がいて、なにかを独り占めなんてできなかったのよ、寂しい思いだってしてるのよ、と。

それなら、おもちはどうなんだろう。末っ子の四匹目という立場で我が家に来て、一見、自由奔放にふるまっているように見えるけれど、本当はなにかをうんと我慢したり、抑えこんだりしてるんだろうか。

ほかの猫たちにはちょっとのあいだだけ別の部屋に行ってもらって、おもちと一対一になってみた。なあに？　という顔で私を見るおもちを、膝に抱き上げ、ぎゅうっと抱きしめる。それから、大好物のチキンペーストを差し出した。このペーストだって、考えてみればおもちは、一本まるごと食べられることはない。いつだって、アルクやちょびと分け合っているのだ。

おもちはさっそく、ピンク色の肉球で私の手をしっかり挟み、一心不乱にペーストを舐めはじめた。ぴんととがった真っ白い耳、ずっしり重たい、温かい体。大きくなったなあ、おもち。二人きりになれる時間はめったにないけど、おもちがただここにいてくれることが、嬉しい。

思わず頬ずりすると、おもちはチキンペーストまみれの舌で、私の鼻を、ぺろん、と舐めた。

しっぽは語る

私には想像つかないなあ、一体どんな感じなんだろう。動物たちを見ていて、そう思うことがよくある。

例えば私には、鳥たちにとっては日常である、「飛ぶ」ということが分からない。翼を上手に使って部屋を旋回するとき、たくさんの選択肢の中から、私の指にとまると決めるとき、アビやケダマにはどんなものが見えていて、なにを考えているんだろう。

それから猫たちがよくやる、「爪を出したり引っこめたり」も、どんな感覚なのかつかめない。猫たちは、ガリガリと爪を研ぐかと思えば、私の頬を触るときは、きちんと爪を引っこめて、まあるく柔らかな前足をつくる。彼らは、ごく当たり前のようにそうするけれど、私は自分の爪に、そんなふうに意思や気遣いを反映させることなどできないのだ。

鳥は紫外線が見えるだとか、猫は超音波が聞こえるとか、想像の範疇を超えることはいくらでもあるけれど、中でも私が常々おもしろいなあと思うのは「しっぽ」の存在だ。あんなに饒舌で、個体差があって、よく動くものが、おしりについているということ。一体猫たちにとって、しっぽってなんだろう。

そう考えるきっかけになったのは、ちょびだ。なんとちょびには、生まれつきしっぽがない。いや、「ない」と言い切ってしまうのは、ちょっとちょびに申し訳ない気もする。正確には、「ほとんどない」。おしりのあたりを触ると、一センチくらいの、しっぽのかけらのようななにかが、ちょこんとついているのが分かる。でも、その短すぎるなにかは、体毛に覆われてしまうと、もうほとんど存在すら分からなくなってしまう。そこだけほんのわずかに毛が盛り上がっているので、まるで、おしりの先に寝癖がついているだけのように見えるのだ。

はじめてそれに気づいたときのことは、忘れられない。赤ちゃん猫だったちょびを、手のひらにすくい上げたとき、違和感にハッとした。わ、この子、しっぽがない！　とっさに、きっと怪我か事故でなくなってしまったんだ、と思った。

「いえ、これは生まれつきですね」

そう教えてくれたのは、検査のために行った動物病院の先生だった。この子にとってはこの状態が普通で、なにも問題ありません。それを聞いてホッとすると同時に、「え、いいの？」と、なんだか不思議な気持ちがした。だって、ほとんどの猫にはあたりまえのようについているものが、なくてもだいじょうぶだなんて。

動物はしっぽでバランスを取ると聞いたことがあるけど、この子はほかの猫たちのように、狭い場所や高いところで、バランスよく歩けるんだろうか。猫のしっぽは、猫本人の気持ちを鏡のように映し出すのに、この子はそれができなくていいのか。この子の感情、私にちゃんと感じることができるんだろうか――。

しっぽがちょびっと、ということから、名前は「ちょび」になった。しっぽで読み取れないならなおさら、この子がなにを考えているか、そのつどしっかり気にしていかなくちゃ、と思った。

猫は、おしりのにおいをかぎ合って挨拶する習慣がある。我が家にやってきたちょびも、アルクやシマのおしりに顔を近づけ、しょっちゅうクンクンと挨拶していた。すると当然ながら、相手のしっぽが目に入る。シマの、しなやかな長いしっぽや、アルクの、よく動く平べったいしっぽを見て、ちょびは一体どう感じているんだろう。

そんなある日、私は興味深い光景を見た。子猫のちょびがうんと体を丸めて、一生懸命、自分のしっぽを毛づくろいしようとしていたのだ。

いかに猫の体が軟らかいといっても、たった一センチあるかないかのしっぽのかけらを舐めるのは、そう簡単なことではない。ちょびも、床の上で前足を突っ張って、ちょっと心配になるくらい、体を後ろに曲げていた。そうやって首をめいっぱい伸ばすと、やっと舌の先が、寝癖のようにしか見えないそこに触れる。ちょびはその体勢のまま、健気なくらい一心に、自分のしっぽを舐めていた。

なんだか胸を打たれた。鏡を見たわけでも、手を伸ばして触ったわけでもないのに、幼いちょびは、その場所にしっぽがあることを、ちゃんと感じている。その上で、体勢をどうにか工夫して、まるで慈しむように毛づくろいしている。一センチに満たないその小さなかけらが、ほかの猫たちのしっぽのように、なにか役割を果たしているとは、正直とても思えない。それでも丁寧に舐めていたい、つまり猫にとって、しっぽというのはそういう存在なのだ。

猫たちを観察する中で、実はもう一つ、気づいたことがある。それは、長いしっぽを持つ猫と、短いしっぽを持つ猫では、しっぽに対する意識がどうやらちがうみたいだ、ということだ。

我が家の猫で一番上手にしっぽを操るのは、なんと言っても、もっとも長いしっぽを持つ、シマだ。アルクやおもちの短いしっぽが、どちらかといえば「勝手に動いてしまっている」ように見えるのに対して、二十センチ以上あるシマのしっぽは、まるで分身のように、きちんと意思が行き届き、しっかり回路がつながっている、ように見える。

例えば嫌なことがあったとき、しっぽは鞭《むち》のようにしなって、タンタンと床を叩く。それもイライラ具合によって、警告するように一度だけ「タン！」ということもあれば、連続して何度も強くという場合もある。強度も回数も、ちゃんと使い分けられているのだ。

座るときは、体の周囲に、おさまりよくクルンと巻きつくし、かまってほしいときは、私の顔のあたりを、何度もふわりふわりと撫であげる。名前を呼べば、返事の代わりに先端がゆれるし、くつろいでいるときは、ゆーらり、ゆーらりと根元から大きく動く。ちょびやおもちが子猫のときなどは、あやすように、あちらこちらに振っているところを見たこともある。なんとも自由自在なのだ。

きっと、長いしっぽを持っている猫は、物心ついたときから、自分のしっぽがことあるごとに視界に入る。意識的に動かさなければ、床についてしまうことも、踏んでしまうことも、どこかに挟んでしまうこともあるだろう。どう力を入れればどう動くか、目で見てすぐに確認できるともいえる。だからシマのように、操るすべがどんどん長けていくのではないだろうか。

そういう意味では、シマとはちがう方向で饒舌なのが、アルク、おもちからなる「短いしっぽチーム」だ。

十センチほどしかない二匹のしっぽは、特別な体勢を取らない限り、本人の視界には入らない。シマのが、コントロール下にあるしっぽだとしたら、アルクやおもちのは、意図せず感情がだだ漏れになっている、分かりやすくて素直なしっぽだと思う。

特に、アルクのはおもしろい。先端がほんの少し曲がったかぎしっぽで、まるで芯でも入っているかのように、いつでもピンとしている。そしてアルクのしっぽには、どういうわけか、裏と表がある。形はプロペラのように平べったく、横幅があり、表側は黒いサバ柄、裏側はベージュ色なのだ。

嬉しいとき、なにかに興味をひかれているとき、しっぽはクルン、クルンと回転する。以前、あまりによく動くので、手のひらでそっとさえぎって、しっぽの動きをぴたりと止めたことがあった。アルクは「ん?」という顔をするけれど、手を放すとまたクルン、クルンと回転がはじまる。

ぴたり、ん? クルンクルン。ぴたり、ん? クルンクルン。

そのつど振り返るアルクは、シマとはちがって「いま、しっぽうごいてた?」とでも言いたげな、ちょっと驚いたような顔をしている。アルクがまどろんでいるときは、しっぽもとろりとろりと動くし、目をぱっちりと見開き「あそんで!」と主張しているときは、しっぽもしゃきんと立っている。

ためしにそのしゃきんと立ったしっぽを、下側になでつけてみた。けれどしっぽはまたすぐに、しゃきん、と立つ。そんなときやっぱりアルクは「いま、しっぽ、どうかなってた？」と言い出しそうな、きょとんとした表情で私を見る。どうやら本人すらあずかり知らないところで、気づくと動いてしまっている、ようなのだ。

そんなしっぽが、最高に愛しい瞬間がある。それは、アルクを膝に抱き上げたときだ。両膝の上にアルクをのせると、しっぽは自然と、私の膝と膝のあいだ、太ももものすきまにおさまる形になる。その体勢で体をなでたり、名前を呼んだりすると、アルクより先に、しっぽが反応するのが分かる。足のわずかなすきまを、ぱたぱた、ぱたぱた、としっぽが行ったり来たりするからだ。本当だったらクルンと回転するはずのしっぽは、右ももと左ももに動きを阻まれて、結果的にぱたぱたと、絶え間なく小さなすきまを行き来する。

「あっくん、しっぽが動いてるよ」

ぱたぱた、ぱたぱた。

「私もね、こうしてそばにいてくれて嬉しいよ」

ぱたぱた、ぱたぱた。

本人でさえ完全には制御できない、私の体にはないたった十センチの、先端がきゅっと曲がったかぎしっぽ。膝にのせているあいだじゅう、そのぱたぱたが続くものだから、くすぐったくて、可笑しくて、私はいつも、つい吹き出してしまう。

猫のかぎしっぽは幸福を引っかけてくる、と聞いたことがある。でも私にとっては、すでにこのぱたぱたが、ほかでは替えがきかない、幸福そのものなのだ。

猫と話す

『性格』というものは、環境と経験によって作られるのだと思っていた。最初は誰しもが、どんな色にでもなり得る、とてもニュートラルな状態で生まれてくる。そして、一日を終えるごとに、その日感じたいろいろなことが糧となって、その人らしさが少しずつ形成されていくのだと。

だから私は、例えば母に「いいわねえ、喧嘩してもすぐに忘れる性格してて」などと言われるたびに、異を唱えてきた。一緒に暮らしていた十代のころ、口論をしても、母の怒りがまだ収まらないうちに、なにごともなかったかのようにさっさと忘れて話しかけると、よく呆れられたのだ。

周囲にも、図太いだの打たれ強いだのと言われることが多かった私は、そうじゃないのに、と内心不満だった。強くあろうと毎日心がけてきた結果かもしれないのに、もともと備わっているもののように扱われるのは、なんだか割に合わない、と。

けれど、四匹の猫と暮らす中で、その考えは変えざるを得なくなった。なにしろことあるごとに猫たちに、絶対にコントロールできない、不可侵な部分を感じるのだ。同じ家の中で、同じような経験を重ねているはずなのに、猫たちときたら感心するくらいに、それぞれがまったくオリジナルの反応をする。

私はいつも、アボカドを思い浮かべる。性格やキャラクターが、アボカドの実の部分だとしたら、それよりも奥、真ん中のちょうど種のところに、ぎゅっと固くて大きな「気質」とでも呼ぶべきものが、動かしがたい存在感で、最初からあるように思えるのだ。

例えば、シマ。少し前、猫たちのフード用の器を変えた。食べるのがあまり上手くないアルクが、舌ですくいきれないフードを、器からこぼしてしまうことがよくあったので、ふちに返しのついた、猫が食べやすいとされる器に変更したのだ。とはいえ大きさも形も、一見するとほぼ同じだし、ためしに新しい器にフードを入れると、猫たちはなんら気づく様子もなく、いつもと同じように、一斉に食べはじめた。ただ一匹、シマをのぞいては。

シマは、明らかに不服そうな表情で、器と私を代わるがわる見つめ、はっきりした口調で「みゃー」と訴えた。ほんのちょっとの違いなのに、明らかに気づいていて、かつ、ものすごく気にしている。

部屋をあちこち歩き回り、何度もにおいをかぎ、私に不満を訴え、三十分以上食べずに粘ってから、シマはやっとのことで嫌そうに一口、ぺろ、と舐めた。その様子を観察していた私は、思わずあっと声が出た。

実は少し前から、周りの床が汚れないよう、フード台の正面にシリコン製のマットを敷いていたのだが、なんとシマはそれも、踏まないようにわざわざ避けて、横に回りこんで食べているではないか。ただの薄っぺらい、どこにでもある、ごく普通のマットなのに。器もマットも、気にしているのはシマだけで、おもちにいたってはたらふく食べたあと、ころんと天井にお腹を向けて寝っ転がり、台の上に片足をのせて、くつろいだりすることもあるというのに。

こんなこともあった。料理をするとき、食事をとるとき、四匹の中でシマだけは、食べ物にいたずらをしないので、キッチンにいてもいいことになっている。ほかの猫に邪魔されることなく、ゆったりすごせるその時間がシマは好きらしく、猫用ベッドに横になったり、ソファーの背もたれに座ったりしてくつろいでいるのだが、私たちが食事を終えると、いつもパッと立ち上がる。そして切実そうな声で「みー、みー」と鳴きながら、足元に何度もまとわりつくのだ。

最初は理由が分からず、どうして突然鳴きはじめるんだろうと不思議だった。けれど、行く手をさえぎるように、執拗に体をすりつけてくる姿を見て、ようやく気がついた。なるほど、シマは「ずっとこのままでいて」って言ってるんだ。食事が終わった、ということはつまり、この蜜月の時間も終わり、ほかの猫たちが部屋に入ってきてしまう。ほかのこなんかいらないの、あたしたちだけがいいの、だからソファーにすわってて、かたづけなんてまだしないで。箸を置いただけで「ごちそうさま」の気配を感じ取り、先回りしてそう主張してくる敏感さを、シマは一体、どこで身につけたというのだろう。

きっとシマは「種の部分」に、豊かな感受性を持って生まれてきたのだと思う。そしてシマのシマらしさは、その部分を基盤にして、日々形成されているのだ。

そういう感じやすさに、手を焼くことがなかったと言えば嘘になる。フードは好き嫌いせず食べてくれた方が楽ではあるし、おおらかな子に比べて、手がかからないとは決して言えない。けれど、そういうシマだからこそできるコミュニケーションもある。猫歴が長い知人がこんなアドバイスをくれたのだ。

「シマちゃんみたいな子とは、しっかり向き合って、納得してもらえるまで話をするといいよ」

シマと話す？　私は最初、ただぽかんと問い返した。

もちろんそれまでも、私は猫たちに、日常的に声をかけてきた。でもそれは、どちらかといえば一方通行の、いわば独り言の延長で、猫たちのためというよりは、私のための行為だった。戸惑う私に彼女は、

「形だけじゃなく、うんと真剣に、人と話すみたいに伝えてみて」

と言う。半信半疑だったけれど、言われたとおりやってみることにした。

「ねえ、シマ。ちょっと話を聞いてくれる？」

器を警戒してフードを残したシマの正面に座り、私は一対一で、しっかり目を見て話しかけた。そして、不思議そうな顔のシマに、人間に対するときと同じボキャブラリーで、詳しく説明した。この器は警戒するようなものではないこと。毎日フードを計測して、ベストだと思われる量をあげていること。大量に残されると、ただでさえ細身のシマの体調が、心配になること。こんなふうに話すのは、はじめてだった。

シマは、ときどき目をそらしたり、歩き回ったりしながらも、神妙な面持ちで私をまっすぐ見つめ返し、じっと耳を傾けているようだった。

そして、それから、ちょっと驚くことが起こった。話が終わると、シマはおもむろに器のところに行き、しぶしぶといった様子で、残していたフードを食べはじめたのである。

言葉が通じた！　なんて言うつもりはない。ただシマは、私の口調や表情からなにかを感じたんだ、と思った。

考えてみれば人間同士でも、言語が違う相手とコミュニケーションをとるとき、どうせ通じないからと説明を一切省いたり、目を見て話さなかったりしたら、やり取りは、きっとさらに困難になるだろう。ましてや相手は猫たちだ。なにかを伝えようともせずにこちらの思惑通りに行動してほしいと願うのは、実は言葉を介する以上に、高度な期待だったのかもしれない。

この方法は、今のところシマにしか通じない。ほかの猫たちにも話してみたけれど、こんなに分かりやすくこちらの主張をキャッチしてくれた子は、シマだけだ。おもちは、話しはじめるとすぐにころんと床に寝っ転がってしまうし、アルクは、話が終わったあともまっすぐ私を見つめたまま「なあに？」という顔をしている。ちょびにいたっては、途中でトコトコどこかへ行ってしまうしで、どの子も作戦失敗だった。

もちろんシマだって、嫌なことは断固拒否するし、必ず聞き入れてくれるわけではない。ただ、フードを残して立ち去ろうとしたときに説得すると、器のところまで戻ってくれるようになった。豊かな感受性があるからこその、新しいコミュニケーション。シマの「種の部分」には、なんて素敵なものが詰まっているんだろうと、私はいつも、少し胸が熱くなる。

一緒に暮らしているうちに、「種の部分」の認識が変わる場合もある。例えば、ちょびがそうだ。我が家ではちょびは、しばしば「ガラスのハート」と呼ばれる。人見知りせず、初対面の人にもすり寄っていく大胆さがあるかと思えば、びっくりするくらい傷つきやすく、臆病な面もまた、合わせ持っているからだ。

我が家に新しいソファーが届いたときも、そうだった。古い方のソファーを、粗大ゴミとして回収してもらってから組み立てようと、部屋のすみに部品を箱のまま置いていたのだが、斜めに立てかけてあったクッションの包みが、なにかの拍子でパタンと倒れてしまった。ただそれだけのことなのに、大きな音がしたわけでも、体にぶつかったわけでもないのに、四匹の中でちょびだけが、文字通り飛び上がった。

天地がひっくり返ったかのように驚き、全身の毛を膨らませて、ダッシュで家中を駆けまわる。いつもは食欲旺盛で、ほかの子の分まで食べようとするのに、よっぽどショックだったのだろう、その日はフードに一切口を付けようとしない。包みが見えない部屋まで連れて行き、

「そばにいてあげるから、食べてごらん」

と声をかけても、不安げな顔で「おー」と鳴くだけ。何度も、ソファーがある方を振り返り、おろおろと歩き回る。結局ちょびがいつもの食欲を取り戻すまで、三日もかかった。本当に、今にもパリンと割れてしまいそうな、ガラスのハートの持ち主なのだ。

そんなちょびと私の関係が、今、変わりつつある。以前はどこか、距離があった私たち。それを改善したくて、大好きなおやつを手から直接あげるようにした。するとちょびは、

少しずつすこしずつ、新しい顔を見せてくれるようになった。

私の腕に体をくっつけて昼寝をし、自ら進んでだっこされる。なにかあるとやってきて、猫語で一生懸命報告してくれるし、名前を呼べば「おーあ！」と鳴きながら、どこにいてもダッシュで駆けよってくる。日々増えていく、新しい行動。こんなに甘えん坊な一面があるなんて、全然知らなかった。

もしかしてちょびは、今までずっと私の様子を見ていたのかもしれない、と思う。

病気ばかりだった子猫のころ、狭いケージに入れられ、何度も病院に連れて行かれた。入院だってさせられた。ちょびのガラスのハートはきっと、私が思う以上に深く傷ついていたのだ。ぱたんと倒れたクッションを遠くから何度も確認したように、私を信じていいのかを、数年単位でうかがい続けていたのだろうと思うのだ。

おーあ！　と鳴く無防備な顔を前にするとき、自分の中に、ほんの少しだけ痛みを伴った、温かな気持ちが生まれるのを感じる。こういう一面が見られてよかった、見逃さなくて本当によかった、と思う。私たちはこれからも、長い時間をかけて、お互いについてゆっくり知っていくのだろう。種の部分も、実の部分も、自分でさえ知らなかった新しい気持ちも、うんとたくさん、きっと。

みんないっしょに

きっかけは、知人の言葉だった。

「動物たちの写真を撮るのもいいけど、動物たちと自分、っていう写真も撮っておいた方がいいよ」

知人は、十六年間相棒のように暮らしてきた犬を、見送ったばかりだった。アルバムをさかのぼると、愛犬だけを写した写真はいくらでも出てくるけれど、自分自身と一緒のものは、数が極端に少なかったという。

考えてみれば、私もそうだ。趣味のカメラで、猫たちの写真を日々撮ってはいるけれど、一緒に写した写真となると、ほとんどゼロと言っていい。あれだけ一緒の時間を過ごしたひよりだって、私との写真は一枚もない。

そもそも猫たちや鳥たちの日常の写真だって、今となってみれば、もっとたくさん残しておけばよかったと、悔やむことばかりだ。子猫時代の写真は、「すぐに大きくなってしまうから」と、意識してカメラを向けていたにもかかわらず、これしかなかったっけと、拍子抜けするくらい少なく感じるし、いつでも撮れると思っているうちに、時間はびゅんびゅん過ぎて、気づけばもう戻れないところまで来てしまう。

それなら、あれこれ悩む前にもう予定を入れてしまおう！　私は、ネットで予約できるカメラマンさんのサイトを見つけて、撮影をお願いすることにした。大勢の中から、写真の雰囲気が一番好きだった人に、連絡をとる。撮ってもらいたいのは動物たち、場所は自宅、できれば単体の姿よりも、私や夫と一緒に過ごしているところ。希望をいくつか伝えると、あっというまに予約は完了した。

いい機会なので、撮影までの一週間、夫と二人、家の中をすみずみまで片づけることに決めた。クローゼットや引き出しを一つずつ開けていくと、いつのまにか増えた、動物たち関連グッズが、あちらこちらから発掘される。

まずは、猫用のおもちゃや、ぬいぐるみ。これは日々猫たちと使っているので、専用の箱の中以外に、家具の隙間などからも見つかった。おもちが我が家にやってきた日、はじめて遊んだぬいぐるみも出てきた。まだ小さかったおもちは、ぬいぐるみをぽんと放り投げると、好奇心ではちきれそうな様子で、コロコロ転がるように部屋中を駆け回った。昨日まで野良猫だったとは思えないくらい、警戒心なく遊ぶ姿を見て、ずいぶんホッとしたのを覚えている。

ひよりが好きだった、猫用ライトもあった。スイッチを押すとねずみのシルエットが出てきて、それを壁や床などに映して遊ぶおもちゃだ。猫たちは夢中で追いかけるけれど、捕まえようとしても、いかんせん光なので、前足をすり抜けてしまう。そのときの「あれ？」という顔が、なんともかわいいのだ。

「わかってるよ。そこで、つけたりけしたりしてるんでしょ」

そう言いたげにこちらを振り向く、ひよりのぶすっとした顔が懐かしく浮かんで、思わず笑ってしまう。

クローゼットからは、猫用の療法食も出てきた。以前猫たちのうち三匹が、食事を食べなくなってしまったときに買ったものだ。最初はアルク、次の日にちょび、そしておもち。普段は、フードを出すと一目散にお皿にダッシュする猫たちが、突然なにも食べなくなって、私と夫は不安の中で、毎日、家と病院を往復した。クロストリジウムという菌が原因だとわかってからは、今度は家中を消毒したりと、しばらく大騒ぎ。猫たちが、食欲旺盛に食べてくれることがいかに幸せか、あのとき痛感したのだった。

鳥たちのケージを置いている棚の奥には、二つの瓶。中には、ケダマとアビの羽根が入っている。ケダマと一緒に暮らすと決めたとき、こんなに弱々しく細いスズメが、一体どれくらい生きられるんだろうと、不安になった。いったんそう思うと、ケダマの体から抜ける小さな羽根を捨てるのが、どうしても忍びなくなって、二つの空き瓶を用意して、ケダマとアビの羽根を、それぞれ集めることにしたのだ。

気づけば、あれからもう六年。アビの方は、容器いっぱいにふわふわの羽根が詰まっているし、ケダマの瓶に入った羽根は、量こそ多くはないものの、小さいながらどこか力強さがありハッとする。灰色から茶色のグラデーションになったひとひらの羽根の中に、生命力が、ぎゅっと詰まっているように思えるのだ。

かくしてやってきた、撮影の日。

「よろしくお願いします」

カメラバッグを抱えたカメラマンさんが部屋に入ると、さっそく猫たちは「こんにちはー」「それなあに？」と、わらわら近づいてにおいをかぎはじめた。動物好きだというカメラマンさんは「人懐っこい猫ちゃんたちですねえ」などと言いながら、もうみんなを撮りはじめている。食事する姿。おもちゃで遊ぶところ。しっぽを振って歩く後ろ姿や、不思議そうにカメラを見つめる顔。

自然な姿を撮ってもらいたいのに、まっすぐ見つめ返す癖があるアルクは、どうしてもカメラ目線になってしまうし、マイペースなおもちは、床にころんと横になって寝てしまう。ちょびはレンズが気になるらしく、すぐににおいをかぎにいくし、集合写真を撮ろうとだっこしても、行動を制限されるのが嫌いなシマは、大声で抗議し、どこかへ行こうとする。撮影は終始、大騒ぎのてんやわんやだった。

一段落したら、お次は鳥たち。猫たちには、いったんリビングの外で待っていてもらって、今度は、アビとケダマを部屋に放す。

鳥は猫とちがって、知らない人にすぐに寄って行くことは、まずない。今までも、来客があっても鳥たちをケージから出したことは、一度もなかった。ましてやカメラマンさんは、プロ仕様の黒くて大きなレンズを持っている。もしかしたら鳥たちは、それを目玉かなにかと勘違いして、パニックになってしまうかも、そうなったらすぐにケージに戻そうと、恐るおそる、身構えつつ放鳥した。

けれど結果から言うと、アビとケダマは呆れるくらいにいつも通りだった。アビは、私や夫の肩でのんびり毛づくろいをし、機嫌よくさえずりながら、部屋を飛び回る。ケダマにいたっては、カメラマンさんが差し出した指の上にちょこんととまって、レンズを見つめて、なにやら話しかけている。

「スズメが手にとまったの、はじめてです！」

カメラマンさんと一緒に、二羽の大胆さに驚きつつ、二時間の撮影は、あっというまに終わった。

数日後、撮影データが届いた。

さまざまな場面を切り取った数百枚の写真に、思わず見入ってしまう。そこには、知っているようで知らなかった、私たちの姿があった。ああ私、いつもこんな顔して猫たちに接してるんだ。全然意識などしていなかったのに、猫たちといる私は常に笑顔で、可笑しいのを我慢しているような、今にも吹き出しそうな、そんな表情をしている。

よく見ると、どの子と接しているかでも、顔が微妙に違う。シマといるときは、まるで人間と話すような少し神妙な顔だし、アルクと対する私は、とにかくずっと楽しそうな表情だ。アビが肩に乗っているときは、自分でも意外なくらい穏やかな顔をしている。それもそのはず、私たちは誰よりも付き合いが長く、もう十七年間も、こうして一緒に暮らしている。その歴史のようなものまで、そこに写っているような気がするから不思議だ。

そして、動物たちの姿もまた、発見の連続だった。私にだっこされているとき、ちょびはこんな顔をしてあたりを見ていたのか。私の手からおやつをもらうおもちは、こんなかわいい後ろ姿なのか。肩にとまるとき、アビが思っていた以上に私の顔の近くに、寄り添うように体をくっつけていること。目が合わないときも、猫たちがまっすぐ私たちを見つめてくれていること。ああ、こうして改めて見ると、我が家は本当に、笑っちゃうくらい動物だらけだ。でも、にぎやかで、なんだか楽しそうじゃないか。

こういう毎日が、あとどれくらい続くんだろう。アルクがいて、シマがいて、ちょびがいておもちがいる。ケージの中ではケダマが、辺りを水でびちゃびちゃにしながら遊びまわり、となりのケージではアビが、マイペースに毛づくろいする。夫がいて私がいて、私たちの机の写真立てには、仏頂面したひよりの写真がある、そんな日々。

私たちはそれぞれ、全然違う形の体と、寿命をもって生まれてきた。お互い言葉は通じないし、人生の中で重なり合う時間は、全体からみたら、ほんのひとときなのかも知れない。そのことがどうしようもなくやるせなく思えることだって、ある。いっそ関わらずにいた方が、こんな気持ちになることもないのにと、考えた日々もあった。

それでも私は、カメラマンさんが撮ってくれた一枚の写真を見ると、笑顔にならずにはいられない。それは、やっとのことで写した、猫たち四匹と私たち夫婦の、集合写真だ。誰も、ちっともじっとしてくれないので、撮れたのが奇跡みたいな一枚だ。

シマは、夫の腕の中で「こんなの、なっとくいかないんだけど」とばかりに、夫を見上げ抗議している。撮影に疲れたおもちは、カメラに背を向けて、床に寝っ転がっている。ちょびは、カメラマンさんの替えのレンズを気にして、カメラバッグの方に熱い視線を送っているし、私と夫は、少しも言うことを聞いてくれない猫たちが可笑しくて笑っている。そしてそんな大騒ぎの中、ちゃっかりアルクだけが、カメラ目線でお澄まししている。

今の毎日が、いつまで続くか分からない。この写真を見るのを辛いと思う日だって、いつかは来るのだろう。それでも、その先のうんと未来の私は、この集合写真を撮れた日が自分の人生にあったことを、きっと幸せと呼ぶだろう。

いつか、その日まで

家族写真を撮ってもらった、数日後。アルクを、年に一度の健康診断に連れて行くことにした。気づけば七歳。童顔で、まんまるの瞳は変わらずあどけないけれど、もう若いとはいえない年齢に差し掛かっている。

猫というのは基本的に、動物病院が大嫌いだ。陽気で人懐っこい性格のアルクだって、もちろん例外ではない。ケージに入れたとたん、この世の終わりみたいに鳴くアルクを、どうにかなだめすかして運び、念のため、健康診断よりさらに詳細に検査するコースをお願いした。

「あっくん、がんばって。これが終わればまた一年間は、病院に来なくていいんだから。ね?」

私は、おびえる背中をなでながら声をかけた。普段から誰よりも食欲旺盛で、私や夫のあとをちょこちょこついてくるアルクのこと、きっと何事もなく終わるはずと、疑うことなくそう思っていた。

アルクをむかえに行った夫から連絡が入ったのは、数時間後のことだった。スマートフォンの画面を見た瞬間、すっと体が冷たくなるのがわかった。

『検査の結果がよくない』

よりによってそのとき私は、近所の美容室に入ったばかりだった。髪のつやだの手触りだのを気にしていた数秒前までの呑気な自分に、ゾッと嫌悪感がわく。髪なんてどうでもいい。今すぐ帰って話を聞きたい、なによりアルクの顔が見たい。無理をお願いして、早めに切り上げてもらった。家までの道を走りながら、言いようもない恐怖と不安で、まだなにも知らないのに、勝手に涙があふれた。

心臓と腎臓がよくないというのが、病院が下した診断だった。腎臓は経過を観察するとして、特に問題があるのは心臓の方で、一年前の健診の数値と比べても、壁の部分が、速いスピードで肥大しているという。

「原因は不明です。何もしなければ半年から一年で、重篤な状態になる可能性が高いでしょう」

そう説明されて夫は、治療すれば長く生きられますかと質問したそうだ。

「治す手立ては、今のところありません。この病気は容体が急変することがありますが、それが明日なのか、一年後なのか二年後なのかも、残念ながら分からない。五年、生きることを目標にしましょう」

それが、医師からの回答だった。

どうして。だって、アルクはこんなに元気だし、一年前の健診では、なにも言われなかったのに。そう問う私に夫は言った。猫というのは心臓も腎臓も、かなり末期にならないと症状が現れないこと。そのせいで発見が遅れてしまう場合も多々あるけれど、普通に暮らせる時間が長いと捉えることもできること。今おそらくアルクは、どこも苦しくなく、いつもと同じであるらしいこと――。

茫然とする私に、病院から家に戻ってホッとしたのだろう、アルクは、無邪気に体をこすりつけてくる。ちょっと微笑んでいるようにも見える、こちらを信頼しきった表情。思わず抱き寄せながら、私は心の中で、必死に足場を探していた。よくないことが起きたときはいつも、こう捉えたらそんなに悪くないかも、代わりにこんな道が開けるかもという、体勢を立て直すための足場を探すのだ。大抵の場合、それはどこかにちゃんとあった。でも、今回はとても見つけられる気がしなかった。まるで、ひよりのときのように。

その夜、私と夫は眠れないまま、時間をかけて、今後について話し合った。

まず、セカンドオピニオンを受けよう。今回はじめて知ったことだけれど、動物病院には、一次診療施設と二次診療施設というものがある。一次診療施設は、今日健診を受けた動物病院のように、広くさまざまな診察をしてくれるところ。対して、より専門的で高度な治療をするのが二次診療施設で、基本的には紹介状が必要になる。アルクを診た医師が朝までに、心臓、腎臓、それぞれの専門医への紹介状を用意してくれるという。受け取ったらすぐに、予約をお願いしよう。

それから、車の免許を取ろう。今までは、二人とも免許がなく、アルクを連れての移動は、タクシーだった。でも車があれば、いざというときすぐに病院に行けるし、ケージを嫌がったとき、蓋をあけてやることだってできる。通院が増えたとき、少しでもアルクのストレスを減らせるかもしれない。

お互い仕事を調整して、どちらも留守にする時間はなくそう。毎日たくさん写真を撮ろう。念のため、往診専門の獣医師さんも見つけておこう。長年たくさんの猫を飼ってきた人が、

「猫には『またあとで』じゃなく『じゃあちょっとだけね』と接してあげるべき」

と言っていた。猫が話しかけてきたとき、遊びを要求してきたとき、別のことを優先させるのではなく、ちょっとだけでも時間を作るといい、それが後悔しない接し方だから、と。私たちも、これからはそれを心がけよう。

たくさんのことを、次々と決めた。やるべきことがあると、悲しみを忘れられるような

気がした。

朝になって、いつもと同じように仕事に行った。いろいろなことをいったん押しやって働き、夫と入れ替わりで帰宅すると、アルクが、玄関で私を迎えてくれた。飛び出し防止の柵に前足をかけ、いつものように、私をじっと見つめたままカリカリと引っかく。それはアルクお決まりの「おかえり」の儀式で、なぜか毎回とても神妙な顔でするので、そのたび笑ってしまうのだ。私もいつもどおり、ただいまあっくん、と言いかけた。そして、自分の声が震えていることに気がついた。

ああ、こういう時間がもうすぐ終わってしまうのか。アルクだけがするかわいい癖、昨日までは特に気にも留めなかった瞬間が、手が届かないところにいってしまうのか。こういう毎日を、あとどれくらい過ごせるんだろう。どうしてこんなことになっちゃったんだろう――考えだすと、もう止まらなかった。遠ざけたつもりの悲しみが、いきなりこみあげてきて、気づくと私は、リビングにへたり込んで泣いていた。

ずっと元気でいてほしい。どこにもいかないでほしい。アルクの代わりは誰にも務まらないのに、私はもう、アルクなしには暮らせそうもない。昨日ネットを検索したとき、この病気は、とても苦しむと書いてあった。そんな未来が、今はただ怖い。泣かないでいたいのに、嗚咽が止まらない。

そのとき、不思議なことが起こった。私の頭を、ふいに誰かがなでたのだ。ごし、ごしというぎこちない動き。驚いて、思わず顔を上げた。だって今家の中は、私と猫たちだけのはずなのだ。

そこには、アルクがいた。

さっきまで体をすりつけていたアルクが、いつのまにか、私のすぐとなりのテーブルの上に移動していて、目の高さの位置に座っていた。そこからアルクは、短い前足をうんと伸ばして、私の頭に触れた。爪を引っ込めた肉球で、どちらかというと「こする」に近い感じで、ごし、ごしと、不器用に何度も頭をなでる。

あっけにとられて、一瞬涙が引っ込んだ。こんなこと、今まで一度もされたことがなかった。泣いているのが分かったんだろうか。励まそうとしてくれているのか、それとも、普段自分がされていることを、ただ真似ているだけなのか。ぽかんと見つめる私をしばらくそうしてなでると、アルクはやがてきびすを返し、テーブルから飛び降り、歩き去った。飛び降りたとき、いつもの「みゅっ」という声が聞こえた。

泣きながら、思わず吹き出してしまった。なにそれ。あっくんはどんなときでも、本当に笑っちゃうくらいあっくんだなあ。そして私は、なんだか足場が見つかったような気がしていた。ひよりのときとは決定的に違うことがある。それは、アルクが今生きていて、元気で、私たちにはまだ時間が残されているということだ。これから先も今みたいな、ギフトと呼びたくなる瞬間があるだろう。私はきっと、その一瞬を見逃さないだろう。ある日突然失うのではなく、あらかじめ、限られた時間だと知ることができた。それって充分すぎるほど大きな贈り物じゃないか。

アルクの病気が命にかかわるものじゃないと診断されたのは、それから、およそ一週間後のことだった。

「えっ」

絶句して立ち尽くす私と夫に、セカンドオピニオンをお願いした心臓の専門医は、丁寧に説明してくれた。検査の結果、アルクの心臓の壁がぼこぼこしているのは、肥大しているのではなく生まれつきだと思われること。弁の位置が正常な位置にはないが、それはおそらく、薬ですぐ治ること。毎日の投薬は必要になるものの、普通の猫と同じように生きられる可能性が高いということ。

「じゃあ、一年二年でお別れじゃないということですか、このまま、元気に暮らせるんですか」

前のめりに聞く私に、先生は、「はい、そうだと思われます」と静かに答えた。

全身からへなへなと力がぬけた。胸のあたりがすっと軽くなって、はじめて、自分の心がとても重たくなっていたことを知った。世界が一度ひっくり返って、再び元に戻った。本当に、そんな気分だった。

帰り道、不思議なことだけれど、なんだか今までよりも、なにかが少しだけ強くなったような感覚があった。検査結果がよくないと言われるずっとずっと前から、私が心の底で漠然と恐れていたこと、怖すぎて必死で目をそらしていたことを、毎日とことん考えたからだろうか。どうあってもいつか、その日は来る。その事実が、今までとは少し違う形ですとんと腹に落ちた、そんな気がした。

「もうすぐお家だよ」

ケージの中で、アルクは不満顔をしている。家に帰ったら、アルクが好きなおやつをあげよう、留守番しているシマ、ちょび、おもちにも食べさせよう。それから、そうだ、教習所に予約の電話をしよう。一生取らないと思っていた車の免許、夫と二人でちゃんと取ろう。

「いつも」となんの気なしに呼んでいた私の日常が、ゆっくり再開する。そのことを噛みしめながら、私は、家に帰ったらしたいことを、あれこれ考えはじめていた。

あとがき

これを書いている今、実は我が家には、五匹目の猫がいます。

まさか、こんなことになるなんて。仕事帰りによく通りかかる小さな公園の水飲み場に、なにやら丸まったぼろきれが、と足を止めてよく見たら、なんと、うずくまった猫だったのでした。

公園のすぐとなりのお店のオーナーが、地域の猫を保護する活動をしている人でした。そういう活動があること自体、はじめて知りました。警戒心が強く、ひどく弱っているくせにものすごい速さで逃げてしまうその猫と、どう距離を縮めたらいいのか、その人は方法を教えてくれました。私と夫は手わけして、毎回同じ好物を持って同じ時間に、しばらく公園まで通ったのでした。

三年前までは人に飼われていて、長い毛がそれはそれは美しかったという猫。野良猫になったあとは地域の猫に馴染めず、いつも植えこみにじっと隠れていたらしいその子を、いろいろあったのち、どうにか病院に連れて行きました。かくして二ヶ月ほど前から、我が家で療養中。この子と暮らしたいという人がすでにいて、体力が戻ってもう少し心を開いてくれたら、巣立っていく予定です。

それにしても、家猫と野良猫の違いといったら！

お腹全開で床に寝っ転がる我が家の猫たちとは、まるで別の生き物のよう。まだ私はこの子を、なでることすらできません。この子はかつての飼い主に、なんて呼ばれていたんだろう。それが分かれば、せめて本当の名前で呼びかけられるのに、きっと永遠に分かりません。これからどうなるのか、いつかほんの少しでも信頼してくれる日が来るのか。一進一退の関係性に、そのつど驚きながら暮らす毎日です。

そんな私を横目に、我が家の動物たちは、びっくりするくらいいつも通り。あっちの部屋になにかいるみたい、と思ってはいるようですが、あくまでマイペース。

いえ、いつも通りと書きましたが、本当は少しずつ変化しています。アルクは薬を飲むことにすっかり慣れ、元気そのもの。シマは、いくつか好きなフードが見つかりました。ちょびは、一層私たちと距離が縮まって、苦手だっただっこが好きになり、おもちは、ますますおてんばで、美しい猫に成長中。アビとケダマは、その時々で独自の遊びに興じながら、穏やかに暮らしています。そして私と夫は、車の免許を取りました。

同じように見えて、同じ一日なんてない。ともすると忘れそうになるこの事実を、意外にも、毎日同じことをして過ごしているように見える動物たちが、教えてくれます。
さあ、明日はどんな日になるでしょう。いいことばかりは起きません。でも、愛すべき小さなものたちと迎える明日なら、それはきっと幸福な一日だろうと、私は確信していま
す。

シマのしっぽに視界をさえぎられながら

二〇二〇年一月　　　あさのますみ

本書は、書き下ろしです。

写真（p192以外）｜あさのますみ
写真（p192）｜林直幸
協力｜fotowa
装丁・本文デザイン｜岡本歌織（next door design）

あさのますみ

秋田県生まれ。声優・浅野真澄として活躍する。2018年『まめざらちゃん』（絵・よしむらめぐ）にて第7回MOE創作絵本グランプリを受賞。著書にエッセイ『ヒヨコノアルキカタ』（絵・あずまきよひこ）『ひだまりゼリー』、絵本に「アニマルバス」シリーズなどがある。

日々猫だらけ ときどき小鳥

2020年2月22日　第1刷発行

著者｜あさのますみ

発行者｜千葉均

編集｜近藤純

発行所｜株式会社ポプラ社
〒102-8519 東京都千代田区麹町4-2-6
電話 03-5877-8109（営業）　03-5877-8112（編集）
一般書事業局ホームページ www.webasta.jp

印刷・製本｜中央精版印刷株式会社

落丁・乱丁本はお取り替えいたします。小社（電話0120-666-553）宛てにご連絡ください。受付時間は月～金曜日、9時～17時です（祝日・休日は除く）。

読者の皆様からのお便りをお待ちしております。いただいたお便りは、事業局から著者にお渡しいたします。

N.D.C.914/190P/19cm/ISBN978-4-591-16610-9
P8008277